朱天衣說故事
中國傳奇故事

文／朱天衣　插畫／蔡嘉驊

自序

說起為甚麼會出這套《朱天衣說故事：中國傳奇故事》有聲書，是有遠由近因的，自小聽來的傳奇不少，看過的故事也多，說給女兒聽，她倒也喜歡；課堂上和學生們分享，他們也聽得入神，這是遠由。至於近因，則是之前出的《朱天衣的作文課》，原該是當教材使用，希望孩子每聽完一個單元，便能即刻動筆寫作。不想最常從父母那兒得來的反應是，孩子都把它當床邊故事聽了，是因為我說話的方式和聲音特別具有催眠的效果嗎？這讓我真有些哭笑不得。但也因此，啟動了我索性出一套真正的床邊故事的想法。

此外，敦促我完成這套作品的另一個動力，便是「閱讀」。這幾年間我像一個推銷員般行走於各級學校，和老師、父母、孩子談的都是「閱讀」，閱讀的好、閱讀的重要、閱讀的快樂……，總之，我以為孩子自小就培養起閱讀的習慣，那他的學習力、競爭力是毋需再費心的，甚至他的一生也將受益不盡，平時演講花三小時都說不完，在這也只能點到為止了。

而這套有聲書和「閱讀」又有甚麼關係呢？若仔細看，其中很多故事是從章回小說裡節錄出來的，包括《隋唐演義》、《西遊記》、《兒女英雄傳》，記得國小五年級第一次翻到《三國演義》赤壁之戰的段落，我便愛不釋手看了個過癮，爾後青少年時期更是浸淫在《紅樓夢》等章回小說中不可自拔，它對我的寫作幫助極大，讓我的閱讀胃口也十分強勁，

更為我的生活帶來無窮樂趣，若說它影響了我部分的人生觀也不為過，至少目前為止到可見的未來，《三國演義》、《紅樓夢》、《隋唐演義》都會是我時不時拿出來一讀再讀的寶貝。

章回小說最厲害的地方就是它的故事性極強，容易吸引人一回又一回的追下去，而同時它雖是通篇的故事，也可以一個篇章一個篇章獨立起來閱讀，這很像中國的戲曲，可以整本戲演個三天三夜，但也可以挑揀最精采處，集中在一晚示人，它也好似中國的捲軸畫，全覽、片段觀賞都好。而章回以說書方式呈現，便已說明了它的口語化、生活化，絕對易讀，所以我始終不明白，為甚麼有人會將它歸類到文言文，且不時的會有所謂的「兒童版」、「白話文版」的出現，那只會將章回小說最精采處給毀了，每當我翻到坊間這些為孩子們設計的版本，

我只有一個感想，那就是「雞肋」——食之無味，棄之可惜。我們這些大人，是不是低估了孩子的能力了？

所以，在我節錄這些故事的時候，我努力的保存它的原汁原味，也期盼這些有限的片段會是個誘餌，誘使聽了這些故事覺得還不過癮的大朋友、小朋友，因此會更進一步的找出這些章回小說，好好大快朵頤一番，這便是我出這套有聲書最大的想望。

目錄

1 望娘灘

說到中國的四川省，大家會想到甚麼呢？可愛的貓熊？令人又愛又怕的麻辣火鍋？充滿了歷史典故的長江三峽？還是不久前發生的汶川大地震？這場天搖地動令人心悸猶存的地牛翻身，便是發生在四川西部山區，這兒有一條長江的支流岷江貫穿其間，這條江上有一個非常有名的水利工程，便是李冰父子修築的都江堰，這可是一個非常了不起的工程呦！它具備有防洪、排沙、水運及城市供水的功能外，更重要的是它能引水灌溉，讓整個成都平原都成了良田，四川被稱為「天府之國」就是這麼來的，這在西元前兩百五十一年便建成的水利工程，到今天都還一直發揮著作用，也使得岷江這兩千多年來成為一條造福人們的長河。

而岷江在流經都江堰一帶前，卻出現了七十二個彎道，這是怎麼回事呢？原來背後是有個故事的，相傳在這附近有個小村莊，裡頭住了一對母子，小男孩小吉因為父親早逝，所以和母親相依為命養了些牛羊過活，小吉是個孝順的孩子，他不過才七歲大，就曉得分擔母親許多的工作，每天一大清早，就會來到村莊旁的山坡上割青草餵自己家的牛羊。

這一天，天才剛亮，小吉便揹了一個大大的竹簍子上山去割草，當他很努力的割滿了一籮筐的青草正要回家時，村裡其他的孩子們也上山來割草了，他們看到小吉簍子裡滿滿都是鮮綠的青草時，便硬要和小吉玩猜拳的遊戲，如果小吉輸了就要把簍子裡的青草都送給他們，小吉當然不願意，但這些孩子年紀都比他大，塊頭也比他高壯，由不得他不答應，猜拳的結果，小吉當然是輸了，他只得把辛苦割來的青草，雙手奉上送給那些欺負他的孩子了。

小吉沒辦法，只好揹著空簍子躲開他們到別處去割草了，他往高處走，翻過了山脊，來到了另一片山坡地，他發現這一片坡地上的草，長得沃綠沃綠又濃又密的，才割了三兩下工夫，簍子就滿了，他便開開心心的揹著青草回家餵牛餵羊了。

從此，小吉每天都來到這片山坡割草，而且他發現很奇妙的是，前一天割掉的青草，第二天又都重新長了出來，而且這些又嫩又綠的草，牛羊特別愛吃，所以即使每天要多走好長一段路，他還是喜歡來這山坡割草。不過沒多久，其他的孩子發現了小吉的行蹤，也跟著他來這塊地割草，好在這片青草割了又長、割了又長，每個孩子都能輕鬆地得到他們滿滿一籮筐的青草，也就不會想盡辦法再來奪取小吉的了。

這一天小吉割完草正要回家時，在草叢中看到一顆閃閃發亮的珠子，大概像龍眼一般大小，這顆珠子很漂亮，會隨著光影反射出不同的色彩，小吉不知道它是甚麼，只覺得它很寶貝，一定要把它帶回家送給媽媽，可是很不幸的又被旁邊的大孩子發現了，他們動手要搶那顆珠子，小吉不給只好拔腿就跑，但年紀小的他哪跑得過其他孩子，情急之下，他把珠子含進嘴裡繼續跑，就在這時，他絆了一跤、跌倒在地上，而那顆珠子瞬間便滑進了他的肚子裡去了，當那些孩子圍上來還想要搶時，卻看到小吉抱著肚子痛得在地上

打滾，一時間，他們也嚇壞了，便一哄而散的跑回村子去了。

還好其中一個孩子就住在小吉家隔壁，回家前正好看到小吉媽媽在院子忙，便大喊：「小吉媽媽！你們家小吉不知道吃了甚麼怪東西，現在肚子痛得在山坡上打滾呢！」小吉媽媽聽了急忙趕到山坡上去找自己的孩子。

她不停地叫喚：「小吉！小吉！」可是卻沒看到半個人影，於是她翻過山脊繼續呼喚著：「小吉！小吉！」卻仍然看不見小吉的身影，她找遍了整個山坡，最後來到了岷江的江邊，這時她終於看到了自己的兒子，趴在江邊大口大口的喝著水。

「小吉！怎麼了？哪裡不舒服？」

小吉聽到媽媽的聲音便回過頭來，可是他的模樣卻把媽媽嚇壞了，他的眼睛變得像銅鈴一樣大，鼻子和嘴也像馬一樣被拉得長長的，頭頂還冒出了一對像鹿般的犄角。

「小吉！你是怎麼了？怎麼變成這樣？快過來，別嚇我了。」

可是小吉肚子裡好像被火燒了一般，必須要一直不停地喝水，才能澆熄身體裡那熊熊烈火，而隨著他每吞下一口江水，整個人便不停地變化，他的身體越拉越長，而且皮膚上布滿了像魚一般的鱗片，他的手掌、他的腳趾也長出尖利的爪子。

「小吉！別喝了！求求你別喝了！快跟我回家吧！」

小吉似乎聽不見媽媽的哭喊，仍埋頭大口喝著江水，好像要把岷江的水都喝乾了才罷休。最後、最後，他完完全全地變成了一條五爪金龍，通體閃爍著金光，美麗得不得了，他回過頭哀傷地望著他的母親，好像有好多好多話想說，卻一個字也說不出口，隨即身不由己一躍離地，衝飛半天高。

早已哭倒在地上的母親見狀又重新哭喊了起來：「小吉別走！回來！你不能走呀！」

已飛騰在半空中的小吉聽到媽媽的呼喚，便忍不住地回頭張望，他那長長的龍尾一掃，便把岷江打出一個彎，他的母親再喚，他一回望，又打出一個彎，就因為戀戀不捨的小吉這樣回首、再回首看望他的母親，因此把岷江打出了七十二個彎，隨即衝上雲霄消失了蹤影，後來人們就把這岷江一帶的彎道稱作「望娘灘」。

這是一個令人好惆悵的故事是不是？記得朱老師小時候看到這個故事時，難過的都掉下了眼淚，後來我和學生們說這個故事時，忍不住想為它加個小尾巴，那就是其實小吉晚上會變回人形，回來看望他

的母親，甚至，就像上下班一樣每天都可以回家，白天上班是一條龍，晚上下班又變回小吉陪伴媽媽，這是當了媽媽以後的朱老師安慰自己的想法，你呢？有沒有更好的改編，或者你覺得維持故事的原貌就是最美的，哪怕它會讓我們惆悵不已，而真實的生活不常常就是如此嗎？

2 鎖麟囊

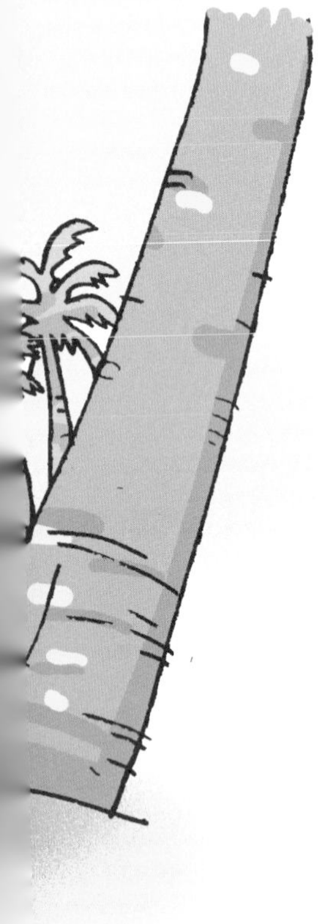

不久之前一場「八八水災」沖毀了無數家園，也造成許多人妻離子散、骨肉分離，洪水的無情真是叫人膽戰心驚呀！記得那段日子，大家都守在電視機前，關心救災的進度，那些親友住在災區的人，更是心急如焚，因為音訊斷絕，家人親友是生是死無法確定，這真的是最折磨人的事呀！今天我們要說的故事就和洪水造成的悲歡離合有關，一場突如其來的天災，使得原本生活優渥又幸福的千金大小姐，因而歷盡了許多苦楚，但卻也因此明白了富貴名利如浮雲一般，從此改掉了驕傲任性的性情。

這位富貴人家出身的小姐名叫薛湘靈，因為自小在優渥的環境中長大，所以養成了一種嬌貴的性情，遇到事情稍不稱心，便要耍小姐脾氣，弄得伺候她的家僕丫環都一個頭兩個大，好在她的心地不壞，遇到需要幫助的人，

她還是會伸出援手的。

這位薛小姐自小便許配給一個門當戶對的人家，也就是和她一樣富貴的有錢人家，等到真要嫁娶時，那陣仗自然是不在話下，光是嫁妝車隊就排了整整一條街，她的母親還嫌不足，又把家傳的珍寶首飾隨她挑揀，放在一只繡了麒麟圖樣的袋子裡，讓她貼身帶著，這叫「鎖麟囊」的寶袋裡有真珠、翡翠、瑪瑙、寶石，真可說是價值連城，足夠一家人一輩子吃喝不盡的。

薛湘靈出嫁這日，天光原本大好，沒想到花轎儀隊走到半路，突然狂風大作，頓時下起了傾盆大雨，幸好路旁有一個春秋亭可供避雨，於是轎夫們趕緊把薛家大小姐的花轎抬到亭子中暫歇一會兒。不想這亭子中早有一頂喜轎也在此避雨，但卻不知為甚麼轎內隱隱傳來女子的啜泣聲，湘靈覺得納悶，嫁娶是大喜的事，花轎裡的女子為甚麼哭得這樣悲切呢？是不情願，還是有甚麼委屈嗎？她忍不住悄悄掀起轎帘的一角，看看到底是怎麼回事，只見對面那一頂轎子不僅小，而且陳舊得厲害，本該是大紅的布幔褪色了不說，上面還縫了幾塊補丁，轎帘的流蘇也稀稀落落狼狽不堪，湘靈大為驚訝，怎麼會有人的花轎是這個模樣，這時從那頂破舊的轎子中又傳來了女子的悲鳴，她便叫貼身的丫環前去問問，到底是怎麼回事呀！

一問之下才知道這女子家境貧窮，不僅辦不起嫁妝，連辦喜事的錢都沒有，是她的父親到處借貸，才勉強租了頂轎子把她送出了門，她想到父親為自己的婚事委曲求全看盡親友的臉色，不禁便潸然淚下了。湘靈一聽，才知道原來世間有如此苦楚的人，她原以為每個女孩都和自己一樣過著衣食無缺的生活，大喜的日子也和她一樣都是風風光光嫁到夫家的，哪知道同樣是人，卻有這樣天差地別的境遇，這讓她心疼也慚愧不已，她想幫助這女子，但所有的財物都被好好的封裝在箱子裡不好翻找，突然她想到貼身藏著的鎖麟囊，雖是母親贈與的有些不捨，但若送給這女子，就能讓她脫離貧困好好過日子啦！於是等雨一停，湘靈便慷慨的將這價值不菲的寶物送給了這萍水相逢的女子，且連姓名都沒留，便各奔東西了。

自從薛湘靈嫁到登州後，依然過著幸福美滿的生活，轉眼已過了七年，她也擁有一個六歲大的男孩，這孩子也是嬌生慣養長大的，比起薛湘靈小時的嬌縱，是有過之而無不及。這日，湘靈帶著兒子欲返回娘家探望年老的父母，不想半途遇到洪水，不僅和家僕們沖散了，連寶貝兒子也失散了，還聽說夫家、娘家水患更嚴重，幾乎成了水鄉澤國了，她因此有家歸不得，一人流落在外，無依無靠落魄得不得了。

這一日，她和所有災民一樣，已好多天沒得吃食，好不容易打聽到附近盧員外家發放粥食，便跟著人群來到員外府邸領食，當災民們為一碗粥爭先恐後搶破了頭時，嬌貴的她也只會傻傻的愣在一旁，什麼也吃不著，兩次、三次都是如此，這光景倒是引起員外府上管家的注意，正好

員外夫人想為自己的兒子找個保母，管家看薛湘靈雖有些狼狽，但舉止端莊秀氣，便將她帶進府裡梳洗乾淨，引見給員外夫人，果真夫人一看就中意了，連小公子也和她很投緣，抓著她的手不肯放，從此她便以薛媽的稱呼留在員外府裡當僕傭，專門照看小公子的衣食起居。

這小公子也是嬌慣得不得了，要這、要那，稍不順心便要使性子，和湘靈的兒子一個樣，在帶養小公子的過程中，她常會因為思念自己的孩子而黯然淚下。好在員外夫人心地慈善，待下人也很寬厚，從不曾見她疾言厲色喝斥過人，但很奇特的是，她曾很嚴肅的告誡過湘靈，家院內哪兒都可去，唯獨花園東角的珠樓不可進去，這是府內上上下下都嚴守的規矩，除了夫人自己不時會上樓拈香靜坐，沒人知道裡面供奉的是甚麼。

一日天氣晴和，小公子拉著湘靈在花園裡戲耍，他拿著球拋來拋去的，一不小心就把球給拋上東角珠樓了，他還硬逼著湘靈陪他上樓撿球，若不答應便坐在地上耍賴，湘靈告訴他夫人的規矩不可違背，小公子便說若母親責備一切有他呢！湘靈出於無奈，只得硬著頭皮和小公子上東角珠樓找球去了。他們上得樓來，這兒尋、那兒找，都遍尋不著小球的蹤影，小公子又帶著她跨進廳裡尋找，誰知她一抬頭看到案上供奉著一只很眼熟的東西，她走近一看，不正是當時出嫁，母親送給她的「鎖麟囊」嗎？剎那間，一切前塵舊事全湧上心頭，她想起生死未卜的娘親、想起骨肉分離的苦楚，便再也忍不住嚎啕大哭了起來。

薛湘靈這一哭，不僅嚇壞了小公子，也驚動了府內所有的人，大家都想薛媽這回可犯了夫人禁忌，不知會受到怎樣的責罰，只見夫人面若冰霜的走了進來，但當她看到湘靈捧著「鎖麟囊」嗚咽哭泣時，心頭一驚，忙斥開了所有的人，親手扶起了湘靈輕聲的問：「薛媽，妳為什麼傷心落淚呢？」湘靈痛哭失聲的說：「我因為看到『鎖麟囊』，睹物思情忍不住悲傷落淚，驚動了夫人，還請見諒呀！」夫人一聽「鎖麟囊」三個字更是狐疑不已，忙問薛媽是何方人士，為甚麼知道這供奉之物是「鎖麟囊」，於是薛湘靈便把出嫁之時，母親如何贈與之事說明清楚，接著夫人又問她嫁娶當天的日子及情景，湘靈也一一如實的告知，最後連囊中有些甚麼寶物都交代得一清二楚，夫人這才確定湘靈就是她遍尋不著的大恩人，當初她收受了餽贈卻來不及問對方的姓氏名字，後來靠著這「鎖麟囊」富甲一方，她一直想找著當初慨然伸出援手的那個善心女子，要好好回報她的大恩大德，卻沒想到眼前這薛媽便是她尋覓的恩人呀！

接下來，員外夫人便尊湘靈為姐姐，不僅讓她安適的在府中度日，也想盡辦法幫她尋找失散的家人，在一番努力下，終於找著了湘

靈的丈夫、兒子，連年邁的雙親也投靠而來，他們一家人又團聚在一起了，而且在員外夫婦的協助下重整家園，恢復了以往的幸福，而經歷了那麼一場變動，湘靈一家人更懂得珍惜所有的一切，再也不會驕矜自喜，視所有都為理所當然了。

3 鶴妻

在古時候，靠耕種為生的農人，一般生活都是很困苦的，除了看天吃飯收成不穩定外，大部分的農民也買不起田地，只能靠租地來耕種，當好不容易辛苦收成了，所得到的糧食大半又要分給地主，剩下的也只夠自己一家溫飽而已，若遇到大旱或大水，那是連生存都成問題呀！而今天我們要說的故事主角，就是這樣一個佃農，他的名字叫阿昌，是個憨厚的年輕人，他的爺爺、父親也都是佃農，他們沒有能力買下屬於自己的田地，到了阿昌這一代就更辛苦了，因為他是獨子，父親早早就去世了，母親也雙眼失明，他靠著一己之力，耕種租來的田，過著苦哈哈的日子，當然就沒有女孩肯嫁給他，他便守著目盲的母親過一年是一年。

好在這一年風調雨順，再加上阿昌努力的耕作，收成算不錯的，扣掉給地主的佃租及一年所需的生活費，還剩下一點點小錢，孝順的阿昌決定幫瘦弱的母親買點營養的食物補補身體，於是便徒步進城去了。秋收後的路上滿是橘紅的落葉，遠山也黃澄澄的，在夕陽的照映下，大地一片金亮，天際也出現了一列一列南飛避冬的禽鳥。

阿昌抬頭看得正出神的時候，突然一支利箭射向天際，只聽得一聲悽厲的哀鳴，一隻大鳥中箭落地，阿昌急忙趕上前去看望，原來是一隻白鶴翅膀中箭跌落在地上，這白鶴見阿昌靠近也不掙扎，只是用哀傷的眼神看著他，這時獵人也趕到了，正想把白鶴帶走，阿昌心一軟便忍不住問：「你要把牠帶去做甚麼？」獵人回說：「當然是帶到市集去賣啦！看誰出個好價錢就賣給他帶回家去烹煮了吃呀！」阿昌一聽連忙急急的說：「我跟你買好嗎？別傷害牠！」說完把身上的錢全掏出來遞給獵人，錢雖不多，但獵人急著還要去狩獵其他鳥獸，就勉強答應了。

阿昌甚麼也沒買成，就抱著這隻受傷的白鶴回家了，他的母親知道他老實又善良，也不以為意，便幫他把這隻

鶴的傷給治好，隨即放回野外了。

眼看寒冬逼近，阿昌忙著準備過冬的柴火和糧食，一忙就把這件事給忘了。冬天真的來了，大地已鋪上一層厚厚的冰雪，一入夜，屋外除了偶爾吹過的北風，甚麼聲音也聽不到，就在這樣一個靜謐的夜晚，阿昌和母親都已入睡了，突然傳來輕輕的叩門聲。

「是誰？會是誰在這麼寒冷的夜裡來找人呢？」被驚醒的阿昌狐疑極了，他起身打開門，只見雪地裡站著一個女子的身影，她披著一件雪白的斗篷，當她把頭抬起來時，阿昌整個人都呆住了，因為這女子實在是太美了，尤其是那雙眼眸，澄澈的好像潭水一般，深不見底，他從沒見過這女子，但不知為甚麼有一種似曾相識的感覺。

「請問……請問妳找誰？」阿昌一緊張，說起話來就結結巴巴的。

「你是阿昌嗎？我是百合，聽說你是一個孝子，心地很善良，我想嫁給你作妻子。」

女子一說完，本來已很緊張的阿昌簡直快暈倒了，他急忙的說：「不行、不行，我很窮，跟我在一起要過苦日子的。」這自稱百合的女子說：「我不怕過苦日子，我可以幫你照顧母親呀！」

阿昌被這突如其來的狀況弄得傻眼不知如何是好，只好進屋裡去問母親，他的母親一聽有人肯嫁到他們這窮苦人家，高興感激都來不及了，馬上就答應了百合作她的媳婦。

自從百合來到他們家，除了每天照顧阿昌的母親，還把家裡整治得乾乾淨淨、井然有序的，阿昌因此更能放心的在外工作，眼看家道一天比一天好，生活也越來越幸福了。

有一天，百合把自己關在織布房裡，要阿昌別打擾，她花了三天三夜的時間織了一匹雪白的布，而她織好走出織布房時，面容蒼白的沒一點血色，她把布匹交給了阿昌，並且告訴他：「娘的眼睛是可以治好的，你把這匹布拿進城裡賣了，我們就有錢替娘治病了。」

阿昌聽話的把這匹布帶進城裡，他不知道該找誰兜售，只好去找地主商量，地主一看到這匹布簡直是驚為天人，他甚麼珍奇異寶沒見過，但他就是沒看過這麼特別的布匹，乍一看，它只是塊雪白的布，但仔細瞧，每一根絲線都透著光彩，是他從沒見過的寶物，他想擁有這布匹，但他仍嫌不夠，於是他對阿昌說：「這塊布不夠做件衣裳，既然你說是你妻子織的，那就叫她再織一塊，我一起買了。」阿昌想到百合為了織這一塊布，三天三夜不吃不喝也不睡，他實在不忍心讓妻子再受同樣的苦了，所以他拒絕了。

這位地主越是得不到，就越想要得到，於是他開口說：「你如果拿兩匹這樣的布來，我就把你現在耕種的那塊田送給你。」阿昌一聽便心動了，能擁有一塊屬於自己的田，是他們家族最大的夢想，若實現了這個夢，他就再也不用當佃農了。

於是他回得家來和自己的妻子商量，百合聽了十分詫異的問：「我們現在不是過得很好嗎？而且娘治病不是更要緊嗎？」阿昌期期艾艾的說：「可是，我們如果能夠擁有一塊屬於自己的地，娘和妳就不用再過苦日子了呀！我們可以慢慢存錢，到時候就可以幫娘治病了。」百合聽了有些傷心，因為阿

昌好像忘了她織布的辛苦，他不知道自己是竭盡心力織成這匹布的嗎？但她仍淒楚的說：「既然你這麼想要屬於自己的地，我織就是了，可是一樣的，你絕對不能看我織布，無論如何都不能看。」

百合說完便把自己又關進房裡，開始織起布來，她織了一天又一天，織到第三天沒出來，織到第四天、第五天仍然沒出來，阿昌很擔心，可是他答應過百合不能看，他只能守在房外枯等，到了第七天百合仍未出來，他已經心焦的站也不是、坐也不是，這時阿昌的母親說話了：「阿昌呀！你沒聽見織布機的聲音越來越慢嗎？百合是不是出了甚麼事呢？」

聽母親這麼一說，阿昌再也忍不住把門拉開了條細縫，往裡偷偷一看，這一看卻嚇壞了，因為他看到一隻白鶴坐在織布機前啄取身上的羽翼在織著布呀！而那隻氣若游絲的白鶴不僅身形憔悴，身上還滴著血，那血滴落在白布上，便綻放成一朵朵豔紅的花絮，阿昌看呆了，他的母親在一旁問他到底看見了甚麼，他卻只能呆坐在地上，腦子一片空白的說不出話來。

終於門嘎的一聲打開了，只見百合面無血色的捧著那妝點了紅花的布匹出來，跪坐在阿昌的面前娓娓說道：「你忘了嗎？我就是你救過的白鶴呀！我來此是為了報答你們的恩情，原以為我們可以長長久久在一起的，但如今，我們的緣已盡了，這匹布可以完成你的夢，這也是我唯一能為你們做的事了。」說完，把布匹放在阿昌的懷裡，又拜別了阿昌的母親，走到門外羽化成一隻白鶴，展翅飛向天際。

這時呆坐在地上的阿昌終於回過神，衝向屋外，對著遠颺的白鶴身影大聲呼喚：「百合！百合……」

但遼遠的天空，再也看不到白鶴的蹤影了。

4 白蛇與許仙

每當到了端午節，大家第一個想到的一定是粽子，接下來便是菖蒲、艾草、雄黃酒，當然划龍舟也不能少，關於這些習俗的由來，很多都是因為紀念古詩人屈原而來的，所以端午節又是詩人節，這是大家都知道的，但另一個關於端午節的故事你知道嗎？那就是已在中國傳頌近千年的傳奇故事「白蛇傳」。

話說在好幾世之前，白蛇還未修煉成仙時，曾落難差點被一群孩子打死，幸而被一個好心人救了下來，他便是這故事的男主角許仙，白蛇不忘他的恩情，一旦在峨嵋山修成正果，便幻化成一女子，來到世間尋找她的恩人，她掐指一算，許仙現世住在西湖畔，便帶著她的徒兒小青蛇一起下山來到西湖。

這時正是初春時節，天上正飄落濛濛細雨，使原本就很美的西湖更增添了一份詩意，她們以主僕相稱來到「斷橋」邊等候，不一會兒，便看到剛掃好墓的許仙，撐著傘從橋頭走了過來，遠遠望去相貌周正、風采翩翩，很有書生的氣質，這時，許仙一抬眼也看到了兩名弱女子立在樹下避雨，雖說是男女授受不親，但心地善良的他一時不忍，還是走向前把傘遞了過去說：「這雨一時半會兒停不了，姑娘把傘拿去遮雨吧！」小青趕忙接過傘，同時說道：「可是公子呢？不就要淋濕了！」許仙忙紅著臉說：「不妨事的。」

白蛇看到許仙如此善良，又這麼靦腆，不禁便動了心，也羞紅了臉。

後來她們主僕二人，便假裝順路和許仙同搭上一艘小船，船剛離岸，湖上便起了風，只看見岸上粉的梅、白的李，一片片的花瓣像雪花一樣飄落到湖心，美得不像是真的，好似在仙境一般，耳邊又聽得搖槳的船女唱起了漁歌：

槳兒劃破白萍堆　送客遊山看落梅
湖邊買得一壺酒　風雨湖心醉一回

最愛西湖二月天　斜風細雨春已晚
十世修來同船渡　百世修得共枕眠

白蛇聽得都癡了，是呀！連同搭一艘船的緣分都要十世的修為，更何況是夫妻的恩情，那是要百世才修得到的呀！她抬頭看看立在船頭的許仙，想著他們兩人前世便結下了因緣，似乎注定了這一生就該廝守在一起。於是藉著還傘，便邀請許仙隔天到她們住的地方來坐坐。她先用法術把一棟廢棄的大宅院變得煥然一新，將室內裝點得十分清雅舒適。許仙來訪時，言談間才知道許仙的父母早已亡故，唯一的親人姐姐也已出嫁，他目前在藥局當學徒，工作雖辛苦，卻足以養活自己，白蛇聽了更加的憐惜他孤苦無依卻懂得自力更生，便託小青居間穿針引線，最後終於如願的嫁給了許仙。

婚後，他們夫妻帶著小青就住在這大宅院裡，過著甜蜜又幸福的生活，白蛇又為許仙在西湖畔開了一家藥局，常免費為一些窮苦的人看病，後來那附近流行起一種瘟疫，奪走了很多人的性命，白蛇便用自己煉製的仙丹為感染瘟疫的人治病，果真是藥到病除，救活了許多的病人，從此他們的藥局聲名遠播，大家都來這兒看病，但卻也因為樹大招風惹來了一場災禍。

在西湖畔另一個赫赫有名的所在，便是廟宇金山寺，裡面有個道行很高的和尚，法號法海，他是個嫉惡如仇的出家人，他聽說許仙夫妻能為染瘟疫的人治病，覺得事有蹊蹺，便信步來到許仙開的藥局看看，還沒走近，便感到一股

妖氣沖天，他大驚失色道：「不妙！是何方妖魔在此作怪？」他停下腳步正待仔細觀察，突然看到一個年輕男子瀟灑地從船上下來，雖然與他人並無二致，但卻逃不過法海銳利的法眼，他上前擋住這男子施上一禮道：「施主，請問尊姓大名？」這男子愣了一下看是一個和尚，趕緊回禮道：「不敢，晚生名叫許仙。」法海一聽正是他要找的人，於是將他拉至一邊語重心長地說：「我看施主印堂發黑、渾身穢氣，必是被妖魔纏身。」

許仙先以為這和尚要化緣，正要從腰包裡掏些銀兩，卻聽到這和尚語出驚人，便笑著回道：「師傅何來此言？晚生好得很，哪來的妖？哪來的魔？」法海不放棄地繼續說：「施主家宅最近想必不安得很，是否有親人臥病在床？要不就是有人身亡？」許仙見這和尚出言莽撞，但又不好喝斥，只能娓娓說道：「勞煩師傅費心，家裡就只有賤內及一名小僕，她們都很好，師傅寬心！」這法海一聽、掐指一算便明白了，便又走近一步說道：「不瞞施主，貴府的麻煩就在這二人身上，據我推測，她們二人非妖即魔，若不驅除，施主您性命不保呀！」許仙聽言詫笑出聲：「師傅說的是甚麼話？內人好端端的，怎麼被你說成了妖魔鬼怪了！」法海鍥而不捨地繼續說：「施主若不信，待等端陽佳節時，準備好雄黃酒，灌她們個三兩盅，看她們會不會現原形。」許仙看他越說越離奇，只當他是個瘋和尚，便匆匆告別轉頭就走，卻還聽到那瘋和尚在後面喊著：「到時候印證了，別忘了來金山寺找老衲呦！」

這許仙真想在地上吐口唾沫去去穢氣：「我這是招誰惹誰了？怎麼遇上個瘋和尚，居然說我的妻子是妖怪，真真是胡言亂語。」許仙想到近日因為妻子身懷六甲，無法再陪他來藥局，清晨離開家時，妻子還送到廳堂，不過

是一個白日的分離，兩人便難分難捨，像這樣美麗又賢淑的妻子，不知自己是修了幾輩子才修來的，那瘋和尚竟然說她是妖怪，真是太離譜了。

眼看端午的腳步近了，家家戶戶都忙著包粽子、掛菖蒲艾草，連湖裡都有船隊在那兒演練龍舟呢！許仙發現當時讓他嗤之以鼻瘋和尚的那番話，卻在這段時間慢慢發酵，產生了一些奇妙的變化，首先他發現自己的妻子來歷有些不明，除了小青陪伴，似乎沒有其他任何的親友，妻子拿來治病的藥丸雖說是祖傳祕方，但未免也太神效了吧！有時夜深人靜時許仙細想從頭，便越發狐疑，但隔天一早醒來，看到日頭高照乾坤朗朗，又覺得自己疑神疑鬼得毫無道理。許仙就在這樣的反覆猜疑中度過了一段不平靜的日子。

5 雷峯塔下的白蛇

端午這天，許仙來到街上置辦過節要用的物品，當他經過酒肆，聞得店家招呼生意喊道：「端午飲雄黃，家宅保平安！」許仙心頭一驚，又想起了那個瘋和尚的話，這雄黃酒買是不買呢？管他的，若妻子不是妖，喝了也無妨，若她真是甚麼妖魔……，想到這兒，許仙不禁打了個寒顫，但最後他還是硬了心腸買了一壺雄黃酒回家。

當許仙把雄黃酒攜回家時，道行不夠的小青早已嚇得臉色慘白、手足無措，白蛇趕緊找個理由讓她避開，許仙看到這情形疑心更深了，所以便在席間一直勸酒，定要妻子飲下雄黃酒，白蛇一開始以自己懷有身孕為由婉拒，但後來聽到許仙舉杯祝願：「這杯酒祝我們夫妻和諧恩愛！」這正是白蛇最期盼的事，所以便飲下了這盅，接著許仙又說道：「這杯酒願妳我白頭到老。」聽到這句話，癡情的白蛇焉能不喝，許仙見她喝下兩盅酒仍無異樣，便又舉起杯道：「願妳我天長地久永不分離。」白蛇仗著自己法力深厚，便大膽的連喝了三杯，但她輕忽了自己有孕在身，三盅雄黃酒下肚，便再也支撐不住醉倒了，許仙見狀懊悔不已，怨怪自己為甚麼要聽信瘋和尚的胡言亂語，害得妻子醉到不省人事，他趕緊扶妻子回房休息，轉身打了毛巾正要為妻子擦拭時，一掀開床幔，哇！看到一尾巨大的白蛇盤踞在床頭，嚇得他當場便昏死過去。

酒醒後的白蛇發現自己闖下大禍，把夫婿嚇到氣息都沒了，她來不及哭，趕緊要小青守在家裡，隻身一人火速前去崑崙山盜取能讓人起死回生的仙草。這救命的仙草珍奇無比，當然沒那麼好盜取，有許多的仙鶴看守，但白蛇拚了命也要救回夫婿的性命，她一趕到崑崙山前，便和看守仙草的仙鶴打了起來，她的法術雖強，但寡不敵眾，最後還是因為體力不支被擒服了，這時南極仙翁出

現，問她為甚麼要盜取仙草，白蛇急急切切哭著把緣由說了出來，南極仙翁感動於她對許仙的一片癡情，便將仙草賜給了她。

但是，被救活的許仙仍是驚魂不定，他只要想到一直以來自己都是和蛇妖生活在一起，便惶惶然地不知該如何是好，就算白蛇再怎麼對他溫柔體貼，他還是心魂不定，他苦挨了一段時間，假託要到廟裡還願，便躲到金山寺去找法海和尚去了。

白蛇在家裡苦等多日卻始終不見許仙歸來，才知道這一切都是法海在做梗，於是顧不得即將臨盆，便帶著小青去金山寺找自己

的夫婿。她們師徒二人來到寺前，只見山門大鎖，不管她怎麼哀求，法海就是不讓他們夫妻見面，在寺廟裡的許仙，看到白蛇委曲求全只為見他一面心就軟了，再想起平日白蛇對他的種種深情，便回心轉意想和妻子回家，但法海鐵了心的不放他出寺，白蛇一怒之下，招來蝦兵蟹將水漫金山寺，頓時整個西湖黃水漫漫、汪洋一片，大家急著逃難，許仙也才趁亂逃出了金山寺。

當白蛇筋疲力盡來到湖的另一岸，抬頭一望，便看到了「斷橋」，這是她和許仙第一次見面的地方，回想當時細雨濛濛借傘的情景，彷彿就像昨日才發生的事，怎麼一轉眼人事全非了呢？那時船夫不是唱著夫妻之緣是百世修來的，為什麼瞬間便被拆散了呢？白蛇心慟地想了又想，她在峨嵋苦修千年化為人身，只為了來世間報恩，這難道錯了嗎？她如此深愛著許仙，難道也錯了？思前想後，她除了落淚，還是落淚呀！

這時從金山寺逃出來的許仙，也來到了「斷橋」前，他們夫妻二人及小青終於在「斷橋」前又重逢了，許仙看到白蛇即將生產，還為他和法海鬥法，以致弄得筋疲力盡、狼狽不堪，便心疼不已，恨不得能代妻子受所有的苦，而白蛇此時也真切的把自己的身世告訴了許仙，又娓娓說出兩人前世和今生的因緣，許仙感念白蛇對他不離不棄，又想到從兩人結識以來，白蛇從沒傷害過人，甚至還救過許多的人，就算她不是人，是個蛇仙又如何？而且這一路來，她為自己吃了多少苦，就算是來報恩的，該還的也早還完了，於是，許仙決定重新開始好好對待自己的妻子，好好和她廝守一生。

他們躲到姐姐家避難，白蛇並且在那兒產下一個男孩，他們原以為從此就可以一家團聚重新過著平順的日子，沒想到法海又出現了，他趁著白蛇剛生完孩子體力還未恢復，便前來替天行道、擒拿蛇妖，當他拿出自己的法器——化緣的缽罩住白蛇時，白蛇完全沒有招架的餘地，只能痛得在地上翻滾，青蛇趕來搭救，險些兒也被缽收了進去，白蛇急急將她往外一推，要她快逃命去，她只能淚眼汪汪地離別凡間，再重回峨嵋修煉去也。而在一旁的許仙早已跪倒在地上，不停地哀求法海放了他的妻子，放過他們夫妻，不要讓他妻離子散骨肉分離，但是任他再怎麼跪求，法海仍不肯放過白蛇，最後、最後，白蛇終於被制伏給壓在雷峯塔下，法海還說：「除非有一天雷峯塔倒塌，不然這蛇妖永遠見不到天日。」

後來傳說許仙因過度自責與傷心，便遠離塵世不知漂泊到何方去了，至於他們的孩子，在許仙姐姐的照顧下長大成人，很爭氣的考上狀元，還曾回到雷峯塔前祭拜自己的母親。

這一則在民間流傳的故事中的景點，都是真實散落在西湖畔的，當然大家最關心的就是雷峯塔還存在嗎？塔下還壓著白蛇嗎？雷峯塔確實存在過好長好長的時間，不過它在民國十三年時，轟的一聲倒塌了，距離白蛇傳故事發生已近千年，當時人們奔相走告這件事，而且是以很興奮的心情傳遞這訊息，當時沒人擔心白蛇會出來作亂，反而都為她重新獲得釋放而高興，從這一點似乎就可以看出中國人的人情味。

是的，也許法海代表的是正義的一方，他為人間驅除妖魔鬼怪，看起來好

像是在做一件對的事，但是人們似乎不太領情，反而比較同情白蛇，或許是因為白蛇雖然不是人類，但她並未做甚麼不該的事，還有她對許仙的癡情，也深深打動了人們的心，世間有許多的情義，不會因為人種的不同、國籍的不同、信仰的不同……而被阻隔，即便是不同的物種，都有可能產生極深厚的感情，就像我們與身邊的同伴動物就可能建立起無與倫比的深情，是不是呢？所以我們彼此真該好好珍重那份得來不易、也許是修了好幾世的緣分呀！

6 聚寶盆

在古早古早的時代，人們用水可不像我們現在那麼方便，隨時打開水龍頭就有自來水流出來供我們使用，以前的人必須挖井引水，要不就要走好遠的路去河邊挑水。我們今天要說的故事，就是發生在這樣一個古老的年代、一個偏僻的鄉間，住在那兒的人，每天都必須靠著村莊外的一條小河供水，本來就十分不方便的生活，又因為連著好長的日子不下雨，眼看著那條河漸漸就要乾涸了，大家都十分的著急。

在這村子裡有一對年輕夫妻，他們的生活很窮困，心地卻很善良，他們看著自己租來的田地已乾裂到完全不能耕種，便想不如來挖口井吧！若真能挖到水脈，不僅自己有水可用，也能為全村的人解決水荒的問題，於是這對夫妻便在自己家的附近尋找了一個最有可能的地點，努力地挖掘了起來。

他們連續挖了好幾天的井，卻一滴水都沒看見，但他們不氣餒仍然繼續努力的挖掘，就在第七天的傍晚，突然他們挖到了一口大瓷缸，這缸很大，可以容納一個胖壯的大人，而且缸的表面有非常精細的藍色彩紋，仔細看，便發現那是一條栩栩如生的龍，整個盤踞在缸上，這對夫妻便把這口缸扛進屋子裡，用它來儲存家裡僅剩的一點水。

沒想到奇怪的事發生了，當這位妻子舀水煮飯時，發現水不僅沒減少，反而增加了，水滿到缸的邊緣就停止了，接下來不管他們用掉多少水，水位都始終保持得滿滿的，這時，他們才發現原來這口缸是個神奇的寶貝，就像一口井一樣，可以源源不絕的提供水給他們使用。這對年輕夫妻很開心地把這件事和大家分享，也歡迎全村的人都來他們家取水使用，一時之間村子裡水荒的問題就這麼解決了。

當這個消息傳到城裡地主的耳朵裡時，他好奇的也來到村子裡張望，他一看到這口大水缸，便清楚知道這是個稀世珍寶——聚寶盆，只有這些鄉下人才會笨到只用它來蓄水，如果把水倒掉，換成金銀珠寶，那他這輩子不就吃喝不盡了？於是貪婪的他無論如何都要得到這價值連城的寶貝。

他回到城裡，硬說這口缸是那對年輕夫妻在租他的田地上挖掘出來的，理當歸他所有，窮人家哪是他的對手，有理也說不清，再加上私底下他又拿了許多銀兩賄賂當地的官員，所以最後這場官司當然是地主贏了，全村的人也只能淚眼汪汪地看著這口寶貝缸被搬到城裡地主家去了。

地主雀躍地將這聚寶盆搬回家後，便趕緊把一枚銅錢丟了進去，果真沒一會兒的工夫，缸裡便滿滿地盛滿了銅錢，他高興得手舞足蹈，忙叫全家人都來看看他這寶貝，他的兒子也開心得不得了，只有他那平日就吃得腦滿

腸肥的老婆狠狠地敲了他一個腦袋大吼說：「笨蛋！放銅錢值甚麼？放金子才管用呀！」而且，愛現的地主老婆唯恐天下人不知，又特地選了個黃道吉日，宴請所有親朋好友來他們家，打算搬出這口聚寶盆好好炫耀一番。

這一天終於來了，地主把家裡好好裝飾了一番，到處掛著紅色的燈籠，迴廊上也滿是紅色的彩帶，好像辦喜事要娶親似的。賓客們陸陸續續都到了，大家都來到了大廳裡，正納悶這地主一家子玩甚麼把戲，只見地主領著一群家僕，小心翼翼地把一口白底藍彩的大缸搬到了大廳的正中央，待安頓好了後，地主便一臉得意地清了清嗓子說：「各位鄉親，今天煩請各位挪移大駕來到寒舍，是想和大家同樂，不瞞各位，小弟近日偶然得到一個奇物，就是這口大缸，它奇在哪兒呢？說是說不清的，不如就表演給各位看吧！」

正當大家丈二金剛仍摸不著頭緒時，從一塊紅布幔中走出了一群丫鬟，再仔細一瞧，被丫鬟簇擁著的便是那地主夫人，只見她穿著厚重的禮服，抹了胭脂又擦了花粉，打扮得花枝招展，慢慢挪移到廳的中央，這時地主又發話了：「夫人請！」於是，地主的老婆便在丫鬟們的攙扶下來到了那口缸的旁邊，顫顫巍巍地爬上了早已放在一旁的花凳子上，當她正要伸手到懷裡不知要掏甚麼東西時，沒想到平日養尊處優的她，手腳本就不靈活，又加上穿得累贅，一不小心便栽到缸裡去了。

頓時大家愣在那兒，不知該如何是好，地主回過神後趕緊上前想把他的老婆撈起來，但同樣長得癡肥的他卻完全使不上勁，只好回頭大聲呼喚他的兒子：「快呀！快呀！快來救你娘呀！」

他的孩子見狀趕緊衝了過來，努力地把他那肥胖的娘從缸裡拖了出來，沒想到才拖出一個娘，缸裡又冒出一個娘，而且還大聲哭喊：「兒子呀！快來救娘呀！」這作兒子的聽了自然是趕緊把缸裡另一個娘也拉了出來，很不幸的，同時缸裡又冒出了第三個娘，一樣在哭喊著：「兒子呀！快來救娘呀！」這兒子只好又把第三個娘給救了出來，當然缸裡又冒出了第四個娘……，他就這樣救了又救、救了又救，救到手都軟了，還是不停的有娘從缸裡冒出來，最後站在一旁的地主已急到滿身大汗，他想再這麼下去沒完沒了不是個辦法，情急之下只好拿起拐杖用力的往那口缸砸了下去，當場缸便破成碎片，總算不再有「娘」再冒出來了。

但是當他們父子倆回頭一看時，整個大廳全擠滿了一模一樣的地主老婆、兒子的娘，仔細算算，竟然有九十九個，而且在此同時，這九十九個娘都一起大聲呼叫：「兒子呀！娘餓了，娘要吃魚翅鮑魚呀！」

哈哈！聽完這故事你有甚麼想法呢？我想那對地主父子面對那麼多貪得無厭的「娘」，一定是嚇到都昏

了，一個都很難搞定了，何況是九十九個呀！不如撞牆去吧！不過話說回來，如果你也挖到一個聚寶盆，你會怎麼做呢？把自己最喜歡的東西放進去，比如像是變形金剛、芭比娃娃、海棉寶寶、樂高玩具，還是愛吃的東西：披薩、薯條、炸雞、可樂之類的，那會不會發生像動畫電影《食破天驚》中的災難場面呢？

有時我也會想這世界上到底有沒有聚寶盆這樣的東西，倪匡的科幻小說曾出現這樣的題材，他認為所謂的聚寶盆，是一種特殊元素製成的盆子，很有可能是外星人帶到地球上來的，它具備複製的能力，就像我們使用的影印機一般，只是聚寶盆複製的是東西而已，你相信真的有這樣的寶貝嗎？不過，事物的貴重多是因為稀有，若黃金能無限量的一直被複製生產，那麼它也失去了貴金屬的價值，不是嗎？光是想到若眼前突然出現一大缸子我愛吃的草莓，大概也會讓我看到就飽了，所以呀！甚麼事物適度適量就好，數大不一定就美呦！

7 鳳還巢

今天我們要說的「鳳還巢」，是發生在明朝時的故事，有一位侍郎名叫程浦，因為年紀有些大了，便告老還鄉，回到祖籍之地安享清福。他有兩個女兒都還待字閨中，大女兒雪雁是元配所生，二女兒雪娥則是側室所養，偏偏這側室亡故得早，又加上作妹妹的長得比姐姐貌美，所以很受大房媽媽冷落，她那同父異母的姐姐也不時愛欺負她，幸而她也不甚在意，一人帶著丫鬟守在閨房中做做女紅，也讀讀書認些字，倒也閒靜自在。而這大女兒雪雁生得奇貌不揚倒也罷了，又仗著母親偏寵，便常做出一些令人不敢恭維的事，常惹得他的父親搖頭嘆息不已。

一日，這程浦侍郎約了皇親朱煥然一起出外遊春，在半途遇到一位老朋友的兒子，名叫穆居易的，這位穆公子生得相貌堂堂、彬彬有禮，程浦一看，便想到自己那賢德又清秀的二女兒，兩人再匹配不過了，心裡便打定主義，想招穆居易為婿，於是約他壽誕之日來訪。

程浦大壽這天，穆居易果真攜了禮來祝賀，程浦歡喜之餘，便把想將二女兒許配給他的事說了出來，這穆居易父母已然身亡，見父執輩的伯伯如此厚愛，便也欣然接受了，那一晚，便留宿在程府中過夜。

不想，這雪雁大姐，平日就是個好惹事的人，她一聽說家裡來了個貴客，早就躲在窗外看了個透徹，她見那穆居易生得俊俏，心中便油然而生愛慕之情，卻苦無機會和那俊公子說說話。於是她趁著暗夜，把自己打扮得花枝招展，悄悄的來到書房外，假借妹妹的名字來探望公子。

話說這穆公子這晚正在書房看書，還未入睡呢！忽聽得敲門聲，他納悶的問是誰，只聽得門外傳來女子聲道：

「公子是我程雪娥！」公子一

聽更納悶了：「如此深夜不知小姐來此何事？」只聽這自稱是程雪娥的女子說道：「我看公子一人孤單在此，定是寂寞的，所以來陪公子聊聊天。」穆居易見這話說得不雅，又不好發作，只得推託道：「夜已深了，小姐有甚麼話，明日再說吧！」不想這女子仍不死心，又揚聲道：「夜深了又如何？只要見公子一面我就走人。」

這穆居易聽她說話聲音越來越大，唯恐驚動了程府上下，那時就難看了，想想不如讓她看一眼，速速打發她走也就是了，於是不得已的便將門給拉開了一條縫，沒想到探進門來的那張臉，把他嚇得個當場快暈死過去，只因為這雪雁原就生得個濃眉大鼻大嘴的，又加上她刻意的濃妝艷抹，燭燈之下白一塊、紅一塊的，外加一張血盆大口，乍一看，就像個母夜叉似的，嚇得穆居易把門一關，任外頭再怎麼叫門也不敢應了。這雪雁看叫不開門，只得悻悻然回房去也。

驚魂甫定的穆居易思前想後，才恍然大悟，原來這程世伯有這麼個容貌可怕、行為不端的女兒，難怪他急吼吼的要把她嫁出去。像這樣恐怖的女子，他能娶嗎？就算拿刀架在他脖子上，他也不敢要呀！於是，他草草留了封書信，說是當前盜賊肆虐，國家正要用人，他以社稷為重，先投軍去也。天一明，便倉皇逃離程府。

這程浦一覺起來，聽得穆公子不告而別，心中疑惑不已，看了他留的書信仍是大惑不解，前一天不是還談得好好的，怎麼隔一宿就變卦了？這其中的曲折，他自然是不明白的，他原想招回穆居易再問個明白的，不想，突然接到朝廷旨令，要他即刻至軍中報到，襄助洪元帥討平賊亂，他只得把這件事先擱下了。

卻說這穆居易逃出程府，在路上卻遇著了朱煥然，朱煥然一聽他要從軍，不僅不阻攔，還襄助了一些銀兩供他上路，你說這朱煥然真箇那麼好心嗎？其實他心裡也打了個如意算盤，他早聞得程浦侍郎的二女兒雪娥長得如花似玉，想娶她為妻，不想程浦卻將她許給了穆居易，如今程浦不在家中，他便以調虎離山之計遣走這姓穆的，接著就可以穆居易的名號，至程浦家中迎娶程雪娥，到時花轎抬進門，要反悔也來不及了。

朱煥然這兒打的是這主意，不想程府那兒的夫人，也揣著一片私心，她見自己的女兒雪雁實在不成個樣，想找個人家怕是比登天還難，如今主事的程浦不在家，她便私作主張，把自己親生女兒送上花轎。這花轎出了門，便直往朱府奔去，下人回來稟報，這夫人才知道來迎娶的是朱煥然，想想對方也算是個皇親國戚，也就隨他去吧！

卻說這朱煥然在家等著花轎進門，想的是美嬌娘入懷，而這轎上坐的雪雁，盼的是那夜匆匆一見的俊俏郎君，誰想拜完天地、送入洞房，這紅頭巾一揭開，當場兩個人都傻了眼，怎麼俏郎君變成個歪鼻斜眼的癡肥漢，而那美嬌娘也換成個嚇死人不償命的女羅剎，但怎麼辦呢？堂也拜了，生米已煮成熟飯了，兩個人也只好認了。

這婚事糊裡糊塗辦完後沒多久，賊亂便延燒到他們這兒來了，程府大娘為避難，便要躲到女婿家去，這雪娥已知自己的姐夫行為不端，怎麼都不肯前去投靠，這作大娘的便撇了她自顧投奔親生女兒去也。而雪娥便由家僕領著，去軍中尋找自己的父親。

卻說那穆居易自從投軍以後，屢建奇功，便一路陞遷，也掛在洪元帥帳下行走，也因此又和程浦侍郎

重逢，程浦見女兒也來到此，便重提舊事，仍想將女兒雪娥嫁給他，這穆居易想起那一晚的遭遇仍心有餘悸，但又不知該如何說明，若果說了出來，不僅傷了程世伯的顏面，且要壞了人家女孩的名聲，正當他進退維谷之際，不想程浦直接把他的頂頭上司洪元帥給搬了出來主婚，這會兒他是推都推不了了，連腳底抹油逃之夭夭這一招也行不通了。

大喜這天，哪個新郎官不是喜上眉稍、意氣風發的，卻只有穆居易哀聲嘆氣、愁眉不展的，大家都不明白他到底是哪根筋不對了，最後送進洞房中，也只見他坐得遠遠的，連新娘的頭蓋都不敢掀，最後在大家的催促下，他才硬著頭皮，挑開了新娘頭上的那塊紅巾，隨即抱著必死的決心睜開了眼。哇！怎麼會是個美若天仙的女子？他愣在那兒，以為自己在作夢呢！卻見那女子抽抽噎噎哭了起來。

原來這新嫁娘雪娥，心中也是百般委屈，之前她聽得父親將他許配給穆居易，便乖順的聽命了，後來又聞得這穆公子不告而別，心底便很不自在，接著又聽到穆家花轎來迎娶，她的大娘自作主張把她姐姐給送上轎子，她就算有甚麼想法也無處可訴，正當她無可排解之時，卻聽得姐姐給嫁到朱煥然家去了，這讓她驚懼不已，也因此堅持不肯隨大娘去姐夫家避難。

誰想輾轉來到軍中投父，卻仍得再次面對這折磨人的婚事，她隱約知道穆居易並不想娶她，為了甚麼原因她卻毫無頭緒，如此讓人嫌厭，好事也變成壞事了。但婚姻大事豈是她能置喙的，也只有奉父親之命嫁了過來，這大喜的日子，原該歡喜度過的，她卻被冷落了一天，還不時聽到新郎官的嘆息之聲，她真的不知道自己做錯了甚麼，也因此當頭蓋被人揭起的當下，便忍不住抽噎了起來。

穆居易見眼前這女子哭得梨

花帶雨的，便手足無措不知該怎麼安慰，眼見眾人知趣的散去，再想到她已是和自己拜過堂的妻子，便膝蓋一軟，跪落在地上，這才把自己的疑惑和一直以來的恐懼，原原本本說了出來，這雪娥才知道原來都是她那寶貝姐姐做出的醜事，才惹來這一場無妄之災，但幸得一切都圓滿落幕，也就不再提此事，小夫妻倆便開心過日子了。

後來是那朱煥然家宅遭盜匪洗劫一空，只得帶著妻子、丈母娘投奔老丈人而來，因此又和穆居易夫妻相見。這朱煥然指著屋裡的小姨子雪娥說道：「這才是我要娶的人。」那雪雁也指著穆居易說：「那才是我要嫁的人。」他

們倆誰也怨不得誰，要怪也只能怪自己心機太重，滿以為來個偷天換日便能遂其所願，哪知最後卻跳進了自己設下的圈套，他們彼此對望了一眼，嘆息說道：「唉！也只能將就將就了。」至此，他們四人便各得其所、各安其分了。

8 潑猴孫悟空

小時候，當我們問媽媽，小孩子都是怎麼來到這個世界上的，有時媽媽正忙，或者不好意思和孩子談這方面的事，就會唬弄說我們是垃圾堆裡撿來的，要不就說是石頭裡蹦出來的，垃圾堆裡撿來的還可以想像，但人怎麼可能從石頭裡蹦出來的呢？這真是令人費解，後來看到《西遊記》，才知道真的有人，或者應該說有猴是從石頭裡蹦出來的，他就是大名鼎鼎的孫悟空。

這孫悟空出生在海上一仙島，而這島上有一座山，名叫花果山，這山頂上有一塊仙石，自開天闢地以來，終日吸收日月精華，感受天地靈氣，時間一久便蹦生一顆石卵，再經無數年月風化，便生出一石猴來，這猴生得五官具備、四肢俱全，終日在山中跳躍行走，也夥在猴群中玩耍。這石猴既然得天地靈氣，自然是與眾不同，除了分外聰明，也十分膽大潑皮，不久便成了猴王，還自詡是「美猴王」。他帶領著猴群鎮日在花果山水簾洞嬉戲遊玩，倒也自在，但有一天他突然想到這樣度日終不是辦法，到性命結束時，就必須向閻王爺報到了，因此，他下定決心出外訪道，無論如何要找到一個長生不老的方法，於是，他拜別眾猴雲遊四海去也。

也是他時來運轉，在尋訪的過程中，有幸被菩提祖師收為徒，並且給他取了個法名，「孫悟空」就是這麼來的。前七年祖師甚麼也沒傳授給他，而悟空也靜得下心來做些灑掃應對的事，並學習著寫字焚香及一些基本禮儀，後來師祖看他心誠意足，便私下傳授他一些法術，包括「七十二變」及「觔斗雲」，這悟空本來就聰穎過人，再加上求道心切，很快的就把這些法術的口訣牢記在心，並且運用自如。

當他學成後，便告別菩提祖師，駕著「觔斗雲」回到花果山水簾

洞，哪想到離開幾年間，竟然出現一個魔王，把他的徒子徒孫欺負得一塌糊塗，悟空一怒之下飛到魔王洞前，拔下一把猴毛丟入口中嚼碎，再大喊一聲：「變！」瞬間變出三百多個小猴，抱的抱、扯的扯、抓的抓、咬的咬，把那魔王圍在中間動彈不得，最後孫悟空奪下他的武器，才一刀結果了魔王的性命。

孫悟空回得水簾洞把猴群重新整頓了一番，但他回想起和魔王的那一番搏鬥，除了施展法術，手裡似乎缺少了甚麼，他聽得東海龍宮裡甚麼珍寶都有，便決定去向老龍王討個兵器來用用。於是，他使出閉水法，直接鑽入波浪中，分開水路，逕入海底龍宮，那東海龍王不知他是神是仙，只能帶著龍子龍孫、蝦兵蟹將出宮迎接，這孫悟空也不客氣的直接說明來意，龍王不敢怠慢，忙取出一把大捍刀奉上，悟空卻嫌刀不順手，龍王只好再拿出一桿重三千六百斤的九股叉，悟空拿在手上使一使搖頭說太輕，龍王便叫力士搬出一柄重七千二百斤的畫捍方天戟，悟空接了過來耍了一耍仍是搖搖頭說：「太輕了！太輕了！」這龍王聽了驚駭莫名，害怕的說：「上仙！我宮中就屬這支戟最沉，再沒有比它更重的兵器了。」

這時站在後面的龍婆閃向前說：「大王！此聖絕非小可，我們不是有一塊大禹治水時定江海深淺的神珍鐵嗎？這幾日這塊神鐵霞光閃閃、瑞氣騰騰，敢莫是應在此聖身上？不如送與他，隨他怎麼使用，快打發他走才是。」老龍王依言便帶悟空往海深處走，遠遠便看到金光萬道、霞光豔豔，走近一瞧，原來是一根又粗又長的鐵柱子，重一萬三千五百斤，悟空看了說：「太粗太長了，細短些才好使！」話一說完，那根神鐵便縮小了幾許，悟空又說：「再細些更好！」這神鐵真箇就縮到二丈長短、杯口粗細，其上還刻了「如意金箍棒」，悟空看了大喜，這棒子果真是盡如人意，要它變小還能小到像繡花針一般藏在耳朵裡，攜帶甚是方便。他滿意之餘，又向龍王要了金冠、金甲和雲履鞋才揚長而去，這龍王甚是氣憤不平，便進表上奏天庭不題。

這孫悟空得了這幾件寶貝自是歡喜不已，便與猴子猴孫在這島上稱王稱霸起來。忽一日，這孫悟空在睡夢中被兩名鬼差把靈魂兒鎖了去，迷迷糊糊來到「幽冥界」，這時悟空才驚醒過來，知道自己到了閻王殿前，他好生惱怒，自行解開了繩索，從耳中取出了金箍棒，掄起棒便打上了殿，只見眾鬼嚇得跑的跑、逃的逃，連牛頭馬面都東奔西走，慌的那冥王趕緊整衣上朝，高聲叫道：「上仙留名！上仙留名！」

悟空道：「你既然不認得我，怎麼差人來勾我？我老孫修仙成道，與天齊壽，早已超升三界之外，為何來拘我？」冥王見他凶神惡煞一般，忙欠道：「上仙息怒！普天之下同名同姓的人很多，一定是差使勾錯了人！」悟空道：「胡說！你快去取生死簿來我看！」這冥王不敢怠慢，忙叫判官將生死簿取來，讓悟空親自檢閱，好容易才查到了。

書上寫的是：「孫悟空，乃天產石猴，該壽三百四十二歲，善終。」悟空也記不得自己有多大年歲，索性提起筆來把自己的名字給塗掉，又順便把猴屬之類的也一律勾銷道：「了帳！了帳！再不歸你管了。」說罷甩了生死簿，掄起金箍棒一路打出了幽冥界。這冥王莫可奈何，只得上書玉帝告狀去也。

這玉帝連連接到東海龍王及十代冥王的奏表，大為驚怒，原欲派神將天兵去收伏此妖猴，但太白長庚星卻勸阻道：「此猴乃日月天地孕育而成，今又修成仙道，有降龍伏魔之能，不如降一道招安聖旨，宣他來天界，授他個大小官職，拘束於此，也好管轄，一來無需勞師動眾、

大動干戈，二來收仙有道，也顯得帝心慈悲。」玉帝聽罷覺得有理，便派太白星下凡去招安。

這孫悟空聽說玉帝派了天使來請他去天庭作官，焉有不歡喜的，便跟著太白星縱上雲端來至凌霄殿朝見，這悟空心高氣傲也不太把玉帝放在眼裡，進退應對一概的沒個章法，玉帝當他是妖仙不知朝禮，便也罷了，便隨意給他個「弼馬溫」管馬的差事做做。

這孫悟空倒也歡歡喜喜的到任，好好負起管理照顧天馬的工作，半個月下來，

倒也把千匹天馬養得身強體壯的。不想一日閒暇和其他監官聊天時，悟空問道這「弼馬溫」是幾品官時，才知道這看馬的差使是最末等的，甚至連個官都稱不上，悟空聽了火冒三丈，頓時大怒道：「如此這般藐視我老孫！想我在花果山稱王稱霸的，卻哄我來替他養馬，這下賤的差事豈是我做的？老孫我不做了，回花果山逍遙去了。」說完取出金箍棒一路打出天門外，誰也攔他不住。

這潑猴孫悟空回到花果山就此完事了嗎？天庭便隨他自去罷了嗎？玉帝當然不會就此收手，那麼他會派出哪一位神將去收伏這隻妖猴呢？而孫悟空又會闖出甚麼更大的禍事呢？請聽下回分解。

9 齊天大聖大鬧天宮

且說這孫悟空前腳剛回到花果山，緊跟著玉帝便派了托塔天王李靖與哪吒父子下界去興師問罪。他們帶領了無數天兵天將，出了南天門來到花果山前安了營寨，隨即點了巨靈神為先鋒到水簾洞前叫陣，這猴王悟空不慌不忙戴上紫金冠，穿上黃金甲，足蹬步雲鞋，手執如意金箍棒，出得洞來沒三兩下，就把這巨靈神的巨斧給砸成兩截。

巨靈神敗下陣來，接著換哪吒登場，只見他手持六件兵器，斬妖劍、砍妖刀、縛妖索、降妖杵、繡毬兒、火輪兒，鋪天蓋地就要打過來，這悟空迎向前問道：「你是誰家小哥闖入我門？有何事幹？」哪吒喝道：「潑猴豈不認得我？我乃托塔天王三太子哪吒是也！今奉玉帝之命，來此捉拿你這妖猴！」悟空笑道：「瞧你乳牙沒換、胎毛沒乾的，怎敢說此大話，我也不想傷你性命，你且回去和那玉帝說，他不知用賢，老孫我有無窮本事，卻叫我去養馬。你看我這旌旗上寫的是『齊天大聖』，若依我的給這個官銜，便不需動刀動槍的我自然皈依，若是不遂我心，就休怪我打上凌霄殿去。」

這哪吒一聽火起，劈頭就罵：「你這妖猴有多大能耐，竟敢大言不慚稱聖，且吃我一招。」說完變做三頭六臂，持著六件兵器直撲而來，悟空看了不敢大意，也喝聲：「變！」瞬間也變出六隻手、三個棒子架住，兩人於是你來我往，打得個地動山搖、天昏地暗，久久分不出勝負，這孫悟空眼明手快，趁隙拔出根毫毛叫聲：「變！」這一變、變出個分身繼續和哪吒廝打，而他本尊則跳到哪吒身後，掄起棒子朝肩膀夯下，這哪吒正使著法，但聽得棒頭風聲，想閃躲卻已來不及，被打個正著，負痛敗下陣去。

那天王李靖在遠處觀戰，見孩子哪吒負傷，正欲趕去救援，轉瞬哪吒已來至眼前，戰戰兢兢道：「父王！這弼馬溫真個有本事，連孩兒這般法力也鬥他不過，且莫與他相持，先回天庭奏報，請天帝再多遣些兵將。」於是他們父子二人回天庭啟奏不題。這美猴王連勝兩員神將，越發的驕矜自喜，連洞裡的猴子猴孫也歡天喜地同聲慶賀。

在凌霄殿前高坐的玉帝聽得李靖父子報告後，先是十分憤怒，原想派更多的天兵神將去花果山圍剿，這時太白金星又閃了出來奏道：「這潑猴出言無狀，不知天高地厚，若出兵與他爭鬥，反而有失體統，若無法收伏就更失體面，不如依他的，給他個空銜，卻不叫他管事，把他拘在此處，省得在外滋擾，豈不更好？」玉帝聽他說得有理，便依他所奏，宣孫悟空上天庭，封他為「齊天大聖」，又為他在蟠桃園邊起造一座齊天大聖府邸，又怕他閒得發慌，便要他順道管理一下這蟠桃園。

話說這蟠桃園裡種有三千六百株仙桃樹，有的三千年一熟，人吃了成仙成道，六千年一熟的，人吃了長生不老，至於九千年一熟的，人吃了則與天地日月齊壽，而這玉帝叫一個猴子去管果園，先就用人不當了，就好像叫一個作賊的去管金庫一般，不僅是考驗人，也實在是折磨人，更何況是如此誘人的蟠桃園，所以沒多少時日，這園裡的大小仙桃早就被這大聖監守自盜吃了個差不多了。

這一日，王母娘娘設宴瑤池舉行蟠桃盛會，先遣眾仙女來到蟠桃園摘取仙桃，不想一園的桃樹，管他三千年熟的、九千年熟的，早都被大聖吃得花果稀疏，仙女們勉強摘得幾籃正在那兒發愁哩！大聖一個飽覺醒來，見眾仙女在摘仙果，才知道王母娘娘要開盛會，他忙問仙女都宴請了誰，本以為自己是齊天大聖必在邀宴名單之列，不想誰都請了，唯獨缺了他，大聖一時火起，便駕起觔斗雲直奔瑤池而來。

只見寶閣裡早已鋪設得齊齊整整，卻還未有仙來，只聞得一陣酒香撲鼻，造酒的仙官早已將玉液瓊漿釀妥，桌上還擺設了百味珍饈、佳餚異品，大聖看在眼底早已垂涎三尺了，奈何眼前盡是管事的人在那兒守著，大聖靈機一動、拔了根毫毛丟入口中嚼碎，噴將出去，又唸了聲咒語：「變！」頓時幻化出幾隻瞌睡蟲奔到眾人之間，沒一會兒工夫，手軟頭低的一個個都昏睡了過去，大聖這才好整以暇的大快朵頤了起來，不到一個時辰，這滿席的仙酒佳餚便被他如秋風掃落葉般席捲一空，這才酒足飯飽的打道回府。

不想這大聖喝得快意，醉恍恍的走錯了路，卻來到了太上老君的兜率天宮，這太上老君正在朱陵高閣上講道，眾仙童仙官都侍立聽道去了，這煉丹房裡無人看守，大聖一頭撞進去，只見丹竈旁掛著幾個胡蘆，裡頭放的是仙家之寶金丹，大聖倒出幾顆放入嘴裡咀嚼，倒還可口，便把所有葫蘆裡的金丹當花生米般的全吃進肚裡去了。

這大聖回得府裡倒頭大睡，一覺起來酒醒了，思前想後才知道自己闖了大禍，要補過也已來不及了，索性擎起金箍棒、駕著觔斗雲又奔回花果山去了，臨走前，還不忘折回瑤池宴上，攜了一甕仙酒讓猴子猴孫們過過癮。

天庭經齊天大聖這一鬧，就像油鍋般沸騰不已，這玉帝更是氣得吹鬍子瞪眼，即刻派遣四大天王協同托塔天王哪吒父子，率十萬天兵下界去布下天羅地網，把個花果山團團圍住。這大聖夥著眾猴兒們還在水簾洞裡飲酒作樂，聽得外頭叫陣聲大作，他不慌不忙走出洞外，一看，又是手下敗將哪吒父子，便老實不放在心上，執起金箍棒便與神將們廝打了起來。

這一戰直從天明打到正午，又從正午

鏖戰到日落，這天兵神將一波敗去，又一波湧上來，大聖看如此糾纏下去不是個了局，便又使出法術，拔下一把毫毛，變出千百個大聖，手裡都使著威力十足的金箍棒，這才一一的把哪吒眾神將給打得敗下陣去，各自鳴鼓收兵。

托塔天王見諸神將都不是這潑猴的對手，只得又再上表章給玉帝，祈求援兵。玉帝這日在凌霄殿前，正與來赴蟠桃宴的南海觀世音菩薩說話，見了這表章不禁訝異道：「這潑猴竟有如此大的能耐，連十萬天兵神將都

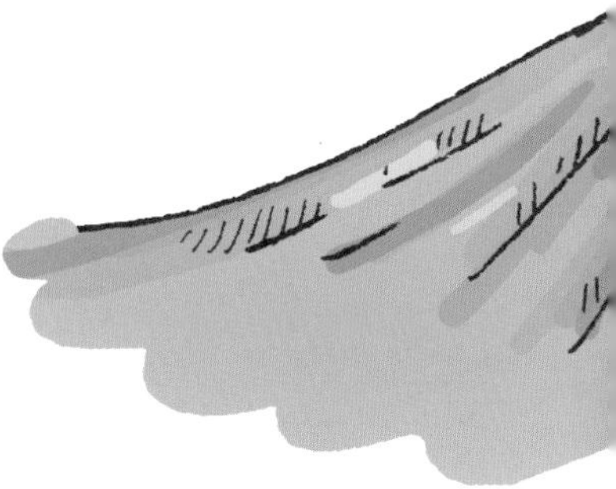

奈何不了他，這會兒還能派誰去收伏此妖？」

是呀！玉帝還能派誰去出戰齊天大聖孫悟空呢？再聽下回分解囉！

10 逃不出如來佛掌的孫悟空

話說玉帝正在思索還能派哪一員大將去力戰潑猴孫悟空時，一旁的觀世音菩薩合掌啟奏：「陛下忘了嗎？二郎真君昔日曾力誅六怪，神通廣大，陛下可調他助力，必擒此猴。」玉帝依言下旨與二郎神，調他急速趕赴花果山擒妖。

這二郎神接了旨不敢怠慢，火速前往花果山與李靖父子會面，他重新又布下了天羅地網，再請李靖持照妖鏡立於空中，不讓孫悟空有脫逃的機會。一切部署妥當，便來到水簾洞前叫陣。

這孫悟空自從再次打跑了哪吒等天神，在洞內算算玉帝也差不多該派新的神將來討打了，他倒也好奇，這會兒會是哪個不怕他齊天大聖的，敢在洞外叫囂，他整好裝、擎了金箍棒，大搖大擺的走出水簾洞，往前一看，只見眼前一員神將，面貌生得倒也清奇，腰間掛著彈弓，手執三尖兩刃槍，氣勢好不威猛，大聖笑嘻嘻的問道：「你是何方小將，膽敢來此挑戰？」二郎真君喝道：「你這廝有眼無珠，認不得我嗎？我乃昭惠靈顯王二郎是也，今蒙上命到此捉拿你這造反天宮的弼馬溫猢猻，你還不知死活！」大聖仍是嬉皮笑臉的說：「我記得當初玉帝妹子思凡下界生下的不就是你嗎？待要打你一棒，又恐傷了你的性命，你這郎君小輩，可速速離去，喚你們家大人出馬吧！」這二郎神一聽好怒，大吼：「潑猴！休得無禮！且吃我一刀！」大聖側過身躲過，舉起金箍棒迎戰，他們兩人這一交火，你來我往的便打了個三百回合，分不出勝負。

只見二郎神抖擻神威、搖身一變，變得身高萬丈，像泰山壓頂般的朝大聖的腦門便砍，這大聖也使神通，變得與二郎神一樣高大威猛，頓時兩人使的兵器都如擎天柱般粗壯，唬得一旁小猴子們跑的跑、逃的逃，其他天兵天將便乘機追擊，一口氣便擒拿了上千隻的猢猴，大聖本來和二郎神正在那兒廝殺鬥法，轉頭一看自己陣營潰不成軍，一時心慌便收了法相，執起金箍棒便走，二郎真君見他敗走，便急起直追，悟空也不戀戰只管往洞裡跑，不想

洞前早已布下大軍，真箇是前有將擋、後有追兵，

大聖慌了手腳，即刻把金箍棒變得比繡花針還小，藏進耳內，自個兒搖身變做個小麻雀，飛上樹梢躲著。

眾兵將眼看就要拿到這妖猴了，不想卻突然尋他不著，都慌張的四下搜尋，這二郎神追到跟前，定睛一看，見大聖變成個小雀立在樹梢上，便也搖身變成一隻大鷹，向大聖撲飛過去，大聖見不妙，又變幻成一隻體型大些的鷀老沖天而去，二郎神一見馬上抖翎變成一隻大海鶴鑽上雲霄來啄他，大聖見狀趕緊將身子一低沉入溪裡化作一隻小魚兒，躲在石縫中，二郎神追到溪邊不見大聖的蹤影，想他定是化成魚蝦之類的物件，便也把自己變成一隻魚鷹立在岸邊，伺機而動。

話說這大聖化作小魚在溪裡游游躲躲，突然看見一隻飛禽，長得鷺鷥不像鷺鷥、鸛鳥不像鸛鳥，頭上無纓、腿又不紅的，一定是二郎在等著逮他呢！忙急轉頭打了個水花就逃。這二郎神看到這濺起水花的魚，長得鯉魚不像鯉魚、鱖魚不像鱖魚，且看到他轉頭就跑，不是那妖猴是誰，於是趕上來就啄，嚇得大聖竄出水面變成一條蛇，游上岸躲入草叢中，二郎一轉頭認出那蛇是大聖的化身，便也把自己變成一隻丹頂鶴，伸出長長的嘴喙來吃這條蛇，大聖無法只得跳一跳身子變作一隻花鴇兒，這花鴇兒是鳥中品級最賤的，任何鳥都可以和牠配對，這二郎見他變得如此不堪，不願與他為伍，便現出原形取過彈弓，一彈子把他給打下山崖。

大聖滾落山崖，伏在地上順勢變成個土地公廟，大張著口當作廟門，牙齒變作門扇，舌頭變作菩薩，眼睛就當它是兩扇窗，至於那尾巴不好收拾，只好變成個旗竿立在後頭。這真君二郎追到崖下，不見打倒的花鴇鳥，只看到一座小廟，他睜大眼仔細端詳，不覺笑出了聲：「我從不曾見過一個旗竿豎在後頭的廟，定是這畜牲弄鬼，想賺我進去好吃了我，看我先搗他的窗，再踢爛他的門。」大聖一聽這還了得，若真把他的牙給踢爛了，把他的眼睛給搗瞎了，那豈不糟了，便也使出原身，擎出繡花針晃一晃，變出杯口大的金箍棒，再次與二郎神交戰起來。

他們這一戰又打了個天昏地暗沒個輸贏。這時在天界觀戰已久的眾神見機不可失，紛紛要拿出自己的法寶來擒拿這隻潑猴，最後是太上老君擲出他的「金剛琢」，一傢伙打在大聖的腦門上，大聖立腳不穩，跌趴在地上，便被二郎神逮個正著，還用勾刀穿了琵琶骨動彈不得，給押回了天庭。

話說這齊天大聖給押回天庭後，玉帝傳旨將他處死，怎奈被綁在降妖柱上的他，用砍、用剁的，刀斧都傷不了他，用火、用雷也傷不了他一根毫毛，那太上老君道：「這妖猴吃了蟠桃，喝了仙酒，又把我的金丹全數吃盡，因此渾成了個金剛不壞之身，不如由我領去，放在『八卦爐』中，以文武火鍛鍊，重新煉出我的金丹，也一併把他燒得灰飛煙滅。」玉帝聞言便由太上老君領去自行處置。

那老君回到兜率宮，便把大聖推入八卦爐中，架起火來命看爐的道人鍛鍊起來。這八卦爐中有八個方位，其中之一巽位乃風的意思，有風便沒火，大聖便鑽躲在這個位子，才保得沒被火燒成灰燼。好不容易七七四十九天過去，太上老君以為功德圓滿金丹已重新煉成，便喚看爐的道士開爐取丹，誰想爐門一開，大聖雙手搗著眼從爐中跳了出來，還呼的一聲踢倒了八卦爐，往外就衝，連太上老君想去拽他，都被翻倒在地。

這大聖一旦逃出八卦爐，就好像猛虎出閘一般，誰也攔他不住，他衝上通明殿裡、凌霄殿外東打西敵的，沒一個神將是他的對手，只有一個佑聖真君靈官掣金鞭勉強將他擋在凌霄殿外，一時間三十六員雷將也趕來護駕，團團將大聖圍住廝殺起來。這玉帝躲在殿裡，忙傳旨派員去西方請佛老趕來救援。

如來佛祖得知此事，便離了雷音趕赴凌霄門外，但聽得廝殺聲震耳，眾雷將和大聖正打得激烈，佛祖向前喝止道：「眾將且止息干戈，喚那大聖出來，等我問問他有何法力？」眾將果然退去，大聖也收了法相，怒氣沖沖對著如來佛高聲叫道：「你是何方人物敢來問我？」如來笑道：「我是西方極樂世界釋迦牟尼佛，今聞你屢犯天宮、猖狂撒野，為何這等暴橫呢？你初世為人，除了長生變化之法，再有何能？就該趁早皈依，以免性命不保，可惜了你本來面目。」

這大聖不服道：「我的手段多了，我有七十二般變化，萬劫不老長生，還會駕觔斗雲，一縱十萬八千里，玉帝打得過我嗎？這天庭大位本就該是我坐的。」如來佛不禁哂然一笑道：「我來與你打個賭賽，你若有本事，一觔斗翻出我的手掌便算你贏，再不用大動干戈就請玉帝移駕到西方居住，把天宮讓與你，若打不出我手心，你還得下界為妖再度修行。」

這大聖聽了暗笑，想這如來真呆，他已說了一觔斗能翻一萬八千里遠，這如來手有多大，哪圈得住他？於是便急忙發話道：「既如此說，就依你的。你可要說話算話呀！」如來佛點了頭，伸出如荷葉般大小的手掌，大聖一躍跳上掌心，收了如意棒，抖擻起精神，將身子往前一縱，大喊一聲：「我去也！」轉眼便飛到萬里之外，這大聖還不止步，只管往前飛奔，行得差不多了，眼看前頭出現了五根肉紅色的柱子，想來這已是路的盡頭了，也可止步了，為留下憑證，便拔下一根毫毛，變出一枝沾飽了墨汁的毛筆，在那中間的柱子上寫下一行字：「齊天大聖到此一遊！」寫完又挺不莊重的在柱子下撒了泡尿，這才拍拍屁股坐上觔斗雲，又飛回了原處，站在如來佛的掌中得意的大喊：「我去了，這又回來了，你快叫玉帝搬出天庭吧！」

卻見如來咬著牙罵道：「你這尿精猴子，何曾翻出我的手掌心？」大聖道：「你不知，我剛才一縱就飛到了天的盡頭，還看到了五根大柱子，我留了個記號在上面，你可敢與我同去看？」如來卻說：「不必去了，你只管低頭看看！」這大聖睜大眼睛低頭一看，那佛祖中手指上果不其然寫著：「齊天大聖到此一遊！」那指縫裡還殘存著一股尿騷味，大聖大吃一驚道：「有這種事？有這種事？我將此字寫在擎天柱上，如何卻出現在他手指上？我不信，我要再去看看！」

好大聖急縱身又要飛將出去，不想被如來佛翻掌一撲，便把這猴王給推出西天門外，再將自己的五指化作金木水火土五座連山，取名叫「五行山」，將這猴子給壓在山下，還喚來土地公就近看守，等他災愆刑滿，自有人來救他出山。

而這潑猴孫悟空在這五行山下給壓了多久呢？這一壓便給鎮住了五百多年，後來是唐三藏去西方取經，路過此放了他，並收他為徒，才展開了一場漫長的取經之旅，在這場冒險中，他們師徒會遇到甚麼樣的驚險呢？最後是否成功了呢？有興趣的小朋友，可以去翻閱吳承恩的《西遊記》，那裡面的奇幻世界，可是比《哈利波特》還精采呦！

11 李靖行雨

在中國的歷史上，有許多的盛世，像是漢朝、唐朝，所以至今我們還會自稱是漢人，而在國外僑民群居的地方，也有唐人街的出現就是這個緣故。而唐朝開國的皇帝雖然是唐高祖李淵，但真正為他打下天下的卻是他第二個兒子李世民，也就是中國史上難得的賢明君主唐太宗。當然李世民能在十八歲將天下亂局收歸一統，靠他一個人是做不到的，他是個有度量也懂得愛才的君主，在他還未成為人君之前，便廣結天下志士，讓他成為逐鹿中原的最後勝利者。

當時正值隋朝末年天下大亂，各路英雄好漢都各自尋覓英明之主，想闖出一番天下，其中一位名喚李靖的，年少時便足智多謀、深通兵法，且允文允武很有大將之才，他便是抱著擇主而事的胸懷遊走四方。一日，他來到渭南、居住在旅店中，因閒暇無事便出外射獵活動筋骨，這時正是春夏之際，本該是農民耕作的時刻，但因逢大旱，農地乾涸龜裂到完全無法耕種，他所經過之處，雜草叢生、荒田處處，百姓們的困苦可想而知。但當李靖路過農

家時，不時還有居民奉茶招呼，這讓他十分感念。

爾後，他為了追逐一隻狡兔，縱馬入林，跑得盡興卻失了方向，直在山林間打轉，眼看日頭即將西落，卻仍找不著下山的路，就在天快黑盡的時刻，突然他抬頭看到半山腰上有一大戶人家已點著了燈，他便循著光找了上去，打算先投宿一晚再說。來應門的是一白髮蒼蒼的老者，李靖說明來意，這老者面有難色說家主人出門去了，只有老夫人在家，得入內稟告，李靖在外等了一會兒，裡面便傳話下來說，老夫人請客登堂相見。

當李靖跨進這深宅大院，便發現這戶人家非比尋常，除了樓宇軒昂，且具是雕梁畫棟的，走進堂中，裡面的擺飾更是不凡，多是沒見過的珍寶異物，李靖抬頭一看，只見一位相貌雍容的老夫人坐在堂上，兩旁的侍女一字排開，各執香爐、拂塵、如意甚麼的，都斂容秉氣不發一語，李靖忙上前執禮，並通報自己的名姓，並陳述自己來此投宿的原因。

老夫人從容答禮說：

「這乃是我們龍家的別院，我和小兒偶爾會來此散心居住，今晚不巧兒輩都出門去了，我怕怠慢了本不該留客的，但郎君迷路到此，若不相留，怕夜深了更無處可去，所以只得稍作安排，望郎君莫嫌棄。」李靖聽聞趕緊稱謝，一旁桌上早已布置了美酒佳餚款待，放眼看去杯盤碗筷都不是尋常人家所有，連酒和菜都是叫不出名字的珍奇異品，李靖見老夫人坐陪，不敢多飲，淺嚐少食一會兒便起身告退，老夫人慈善的說：「前廳左廂房已收拾妥當，就請郎君委屈一宿了。若夜深時，聽到人馬吵嚷不必驚疑，或者是小兒歸來。」李靖聽完便由那白髮蒼蒼的老管家領往西廂房安歇去了。

李靖雲遊四海慣了，甚麼事沒遇過，但這回的奇遇卻讓他好生納悶，這龍府到底是甚麼樣的人家，過的竟是如此神仙般的生活，再又想想一會兒若他家兒子歸來，知道有客在此，怕是要相見的，所以並不敢臥睡，只在桌邊假寐一回。約莫到了二更時分，突然聽得屋外人聲喧嚷：「有行雨天符到！」屋內便答應道：「老夫人迎接天符！」李靖聽了不禁大吃一驚，天符怎會傳到這裡來，難不成這龍氏家族真不是凡夫俗子。

正疑惑間，那老管家便出現了，說老夫人有請，李靖忙整衣至中堂相見，只見老夫人懇切的說：「我有一事相請，郎君可否應允？此處其實並非凡間宅第，乃龍宮是也，我的兒郎專職行雨，方才天符到此，命我兒三更時分行雨，至黎明而止，一刻都不得延誤，怎奈我兒送妹遠嫁，一時半會兒趕不回來，我見郎君乃一貴人，是否可暫代行雨之職，解我燃眉之急？」李靖本是少年英雄，聽聞此事，哪有不應允的，但仍謙遜的說：「貴府有急，我當然願意出力相助，但我乃凡人，真能當此大任？」

老夫人見他答應了，便展顏要侍女敬上一盅酒道：「飲下這盅酒，可以抵擋風雨，駕馭雷電。」李靖接過酒但覺清香撲鼻，一口飲盡後，果真覺得精神暢旺、神氣倍增，接著老夫人便叮囑他：「門外已備妥龍馬，郎君騎著牠，任牠騰空飛馳無妨，馬鞍上繫著一只小瓶子，瓶中裝的清水即是水母，但凡遇到龍馬跳躍之處，便取瓶中水母一滴，滴於馬鬃之上，不可多，也不可少，切記！切記！這便是行雨之法，雨畢，龍馬自會帶郎君回來。」

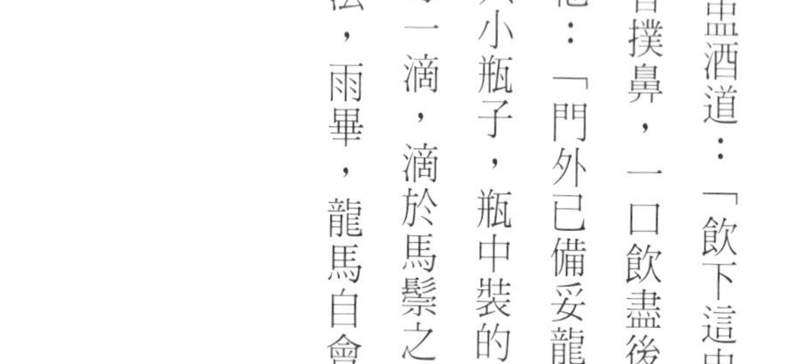

李靖聽著一一答應，隨即出門跨上馬，但見這匹巨大的龍馬一躍便飛上天際，在滿是星光的夜空飛騰了起來，風刷刷的從耳際飛過，李靖沒絲毫膽怯，任龍馬帶著他奔馳在星空中，當龍馬跳躍時，他便照著老夫人的吩咐在馬鬃上滴上一滴水母，頃刻間風雲變色、雷電交加，不一會兒便下起了傾盆大雨，接著龍馬又奔馳到另一處跳躍起來，他便依樣畫葫蘆的再在馬鬃上灑下一滴水母，如此這般的他們在好幾處都行了雨，最後在天色將明的時刻，來到了一處，李靖低頭一看，正是他白天騎獵經過鬧旱災的農村，他記起農民無水可用的困頓，便想這一滴水怎麼夠解除旱象呢？何不多降些甘霖，消解他們缺水之苦，於是他便在馬鬃上滴了約莫二十滴的水母，才欣然回返。

沒想到剛抵達龍宅，便見老夫人一臉愁慘的迎了過來，悽惶的說道：「郎君誤事了呀！這瓶中的一滴水，值人間一尺雨，如今水漲過二丈高，稻田農舍都被淹沒，人及牲畜也無一倖存，天庭已怪罪下來，老身及小兒難逃究責呀！」李靖一聽方知自己闖下了大禍，懊悔不已，老夫人見此反好言勸慰：「郎君也是一念之仁，才肇此禍事，此乃天數呀！小兒不時即回返家中，郎君在此多有不便，還請速去。」說完又從袖中取出一書送與李靖說：「此乃兵書，熟讀此書，將來臨敵必可制勝，輔佐英明之主完成霸業。」

李靖無法推辭，只得羞愧的接過

兵書拜別老夫人，匆匆下山去也，當他找著出路再回首時，那龍宮大宅早已消失得無影無蹤了，他垂頭喪氣的往來時路走，所經之處大水汪洋，農田屋舍果真都被沖毀，這更是讓他懊悔唏噓不已。至此他收了傲氣，好好沉潛研讀老夫人送他的兵書，最後也投靠了李世民，輔佐他一統江山，成了唐朝開國赫赫有名的大將。

12 門神秦瓊與尉遲恭

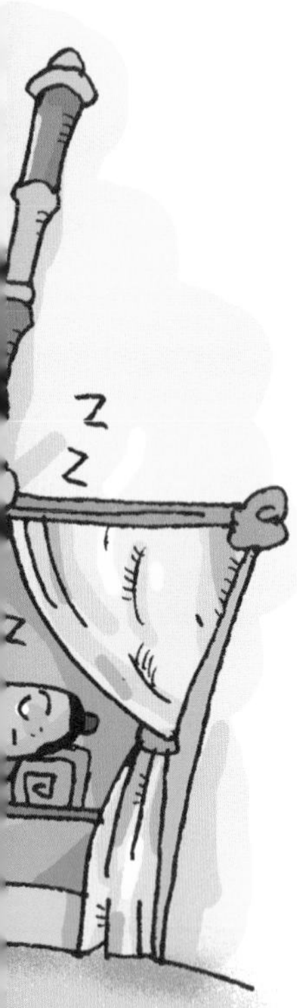

小朋友！你們真的相信降雨和龍王有關嗎？而且這專司降雨的龍王還必須遵照天庭的指示，甚麼時候降雨、該降多少雨，是不可以恣意妄為的，否則就會遭到天庭嚴厲的制裁，前面我們說「李靖行雨」的故事時便提到了這一點，今天我們繼續要說的故事也和龍王降雨有關，而故事一樣牽扯到了李世民，也就是唐朝開國的皇帝，而另外一位關鍵人物就是輔佐他的良相魏徵。

話說唐朝貞觀十三年，離長安城不遠有一條涇河，河內也住了一個專司行雨的龍王，有一天他心血來潮化作人形，來到當時最繁華的長安城遊逛。他行走走、停停看看，在無數的商家、看不盡的熱鬧中閒盪，突然他發現前面有一個算命的攤子，四周擠滿了人，還聽得人們交頭接耳的在傳頌這算命先生多麼厲害，上知天文、下知地理，連還沒發生的事都能預知所以。

這龍王心高氣傲，聽了便覺得有些不服，於是擠進圍觀的人群往裡一望，只見一位白髮白鬍子的老頭坐在攤位後，正為一個人卜運，龍王看他非神非仙的，就不信他真的能算得如此神準，便忍不住向前一步說道：「這位先生！我聽眾人說，你有預知未來的本事，那我倒想請教你，你算得出這長安城下一場雨該甚麼時辰落下？」

這算命先生頭一抬，看到發話的是一個白衣男子，心底一過，便知對方來歷，也看得出對方來意不善，是想拆他的臺，便微笑道：「這降雨時辰算得出，就連降雨量也不難預測。」龍王一聽更火了，他想：「我這專門管雨的尚且不知下場雨甚麼時候會落，他竟

然還大言不慚的說他能估得出雨量，未免太不自量力了吧！」於是便當著眾人面，大聲說道：「好！你這江湖術士說的大家都聽到了，如果非如你所言，我可要砸爛你這誆騙人的攤子。」這算命先生頭一沉、掐指一算，便微笑道：「明日午時，長安城必降下三尺三寸雨，若不準，但憑尊駕處置。」龍王自信滿滿的說：「這可是你說的，到時怨不得我動粗呦！」說完昂首闊步便走了。

誰知道這龍王才剛回到龍宮，便接到天庭傳來的行雨天符，他打開一看大吃一驚，這天符裡正是要他在隔日午時降下三尺三寸雨，和那位算命師說的時間也好、雨量也好都一模一樣，但年輕氣盛的他哪嚥得下這口氣，到了第二天，便忍不住把該降雨的時間往後延了一個時辰，而雨量還多下了三寸。

他行完雨便又來到長安大街上，找那位算命先生理論：「嘿！你這江湖術士沒忘了昨天誇下海口的事吧！我可是來砸你招牌的。」說完便捲起袖子打算掀桌子、砸板凳，只見那位算命先生不疾不徐地道：「砸不砸我這攤子事小，怕的是未依天符降雨的人，項上的人頭將不保呀！」

這龍王一聽如晴天霹靂，想到自己為逞一時之快，竟做出違背天條的事，論起這罪確實是要處斬的呀！這龍王頓時臉色慘白，不知該如何是好。這算命先生看他一副惶然失措的模樣，便請他來到一僻靜處，誠摯的對他說道：「我早已識得您乃龍神化身，只是未料到您這玩笑開得太大，如今這雨造成大水，傷害了不少人命，天庭已然震怒，明日午時三刻便要論斬，尊駕的性命怕要不保。」這龍王一聽魂都飛了，只得哀告說：「先生可有法子救我一救呀？」老先生沉吟道：「或許尊駕可以試試去求求當今人皇，他有一臣子，名叫魏徵，明日的監斬就由他負責。」龍王一聽，拜謝後便急急趕回龍宮。

當晚，他便設法來到當時的皇帝唐太宗的夢中，苦求李世民隔日午時三刻，無論如何牽絆住魏徵，把這魏丞相留在身邊，好救他一命，這李世民也答應了。第二天醒來接近午時，唐太宗便把魏徵召進宮裡，以下棋為由把他留在身邊，他們君臣兩人便對弈起來，眼看著時間接近龍王問斬的時刻，這魏徵突然打起瞌睡來，唐太宗也不好擾他，不過一會兒工夫，魏徵又清醒了過來繼續下棋。

等棋局結束，日已偏西，唐太宗才安心的放魏徵回去。不想到了夜晚，卻又夢見龍王來見他，還手提著頭顱怨怒的說道：「李世民！你答應要救我一命的，你說話不算話！」唐太宗吃驚的說：「我照你的話，把魏徵留在身邊了，怎麼還會發生這事？」龍王怒道：「你沒看好他，他打個瞌睡，便在夢中將我給砍了，李世民！你還我命來！」

這唐太宗從夢中驚醒，才知道原來是這麼一回事，但懊惱也來不及了。沒想到從此以後，只要他一闔上眼，便會夢到那龍王提著血淋淋的頭追著他喊：「李世民還我命來！李世民還我命來！」這噩夢讓他難以成眠，長時間的失眠，讓身體本來很健朗的他，竟然一病不起、臥病在床。滿朝文武大臣都擔心不已，尤其是那些和他一起打天下像手足一般的文臣武將們，更是憂心忡忡，不時前來探視關切。

在諸多臣子中，唐太宗發現，只要是秦瓊和尉遲恭來探視，那一日總能睡得特別安穩，這事讓這兩員武將知悉後，便天天自動來宮中守夜，這果真讓唐太宗夜夜安眠，一覺到天明，病情也漸漸好轉。一開始唐太宗不忍這兩名愛將為他如此操勞，但只要一撤換守衛，那龍王馬上又來嘈鬧，就在他左右為難之際，他試著想出一個辦法，就是找來一個畫匠，將秦瓊和尉遲恭的像栩栩如生的畫在門扉上，沒想到這方法真的管用，之後，就算秦瓊尉遲恭兩人不在身邊，有這畫像代勞，也可阻止龍王再來鬧事了。

小朋友！有時我們到廟裡去，是不是就會看到廟門上畫著兩幅高大威猛的將軍圖像，其中面貌白皙周正的就是秦瓊，而另一位面目黝黑猙獰的則是尉遲恭，因為

人們相信，既然這兩個威武的將軍能為唐太宗攔下龍王的騷擾，當然也能為我們這些升斗小民擋住所有妖魔鬼怪的侵犯，所以從唐朝以後，多半的門神便由這兩位猛將取而代之了。

13 秦瓊落難

前面的故事說到的門神，其中之一便是唐朝的開國功臣秦瓊，他在尚未成為大將軍前，也曾因故落難，甚至窘迫到必須賣自己心愛的坐騎黃驃馬才得以脫困，這究竟是怎麼一回事呢？這秦瓊表字叔寶，乃山東歷城人，長得高頭大馬，義氣干雲，從來就愛打抱不平，又懂得濟弱扶危，因此結交了各路英雄好漢，他三歲時祖父、父親相繼為國捐軀，單獨由母親扶養長大，因此侍母至孝，他的妻子也十分賢能，一家人都有路見不平，拔刀相助的氣概。

秦瓊早年也曾做過捕頭，有一次他和好朋友樊建威押送一干人犯到潞州及澤州，因為都在山西，所以兩人一同出發，直至半途才分道揚鑣，秦瓊往潞州行去，樊建威則前往澤州。當秦瓊把人犯押解進官府中，便在一家客棧住下，等公文批下就可回歷城交差了事了，卻沒想到刺史太爺出外公幹去了，秦瓊無可奈何只好重回旅店耐心等待了。

卻說這家客棧的老闆名叫王小二，為人最勢利眼，秦瓊初來時，好酒好菜供應著，又開了最好的房間供他住宿，等到秦瓊一住住了十天，這王小二心裡便有些犯嘀咕，但這也怪不得他，那秦瓊是個山東大漢，餐餐米是論斗算的，酒和肉也是用斤秤的，不到半個月，就把王小二開店的本都快吃光了，這小二又忍了兩天，實在撐不住了便厚著臉皮向秦瓊先預支一些銀兩，秦瓊覺得倒也合理，便回房至包袱中取銀子，沒想到手一伸進去卻空空如也，這才想起，所有的盤纏都是交給樊建威保管的，兩人都是豪傑從不曾把金錢放在心上，分手時，便一併被樊建威給帶走了，幸虧身上還有些碎銀，便暫時交給王小二應付一時。

自從秦瓊發現自己阮囊羞澀、身無分文，心情便大為煩悶，鎮日坐在旅店中呆呆的發愣。好容易又等了兩三日，刺史終於打道回府了，眾人都出城迎接去了，秦瓊也夥

在人群中，眼見刺史的轎子經過，他一想到只要多在這兒耽擱一天，食宿馬料便都要銀兩，而這刺史辛苦歸來，不知要休息幾日才得升堂辦公，情急之下便衝至轎前伸手一攔，原是要跪請稟官的，沒想到他的力氣太大，一出手險些把轎子掀翻，差點讓刺史跌出轎外，這大人發怒道：「這等無禮，難道我是沒有衙門的？」當場就把秦瓊扯下去打了十大板。

這秦瓊被打得皮開肉綻鮮血直流，瘸著腿回到客棧，又被勢利眼的王小二奚落了一頓，隔日清晨忍著痛來到官府乖乖排隊領取回文，幸好這姓蔡的刺史倒也講理，聽秦瓊是來自同年好友齊州府的，便不再責備，發了文又送了三兩銀做盤纏。秦瓊領了這銀子回頭去和王小二結帳，不想在此住了月餘，奉上三兩銀，卻還差十四兩，秦瓊只得把盤纏不小心放在樊建威那兒給帶走的事說了清楚。

王小二一聽表面上不好發作，只是從那刻開始便換了臉色，先是供應的膳食缺這、少那的，接著連冷湯冷麵也端出來了，後來索性找了個理由，把秦瓊從上房挪到了緊靠廚房的一間破屋裡，地上茅草鋪一鋪便當是床，那木板釘就的牆面不時還有冷風灌進來，這秦瓊哪受過這窩囊氣，待要發作，但想想寄人籬下又有何奈，至此每到天明便早早離開這客店，徒步走到官路來，盼望樊建威早早來救急。

這一天秦瓊怕看王小二的臉色，又是空著肚子出門，在官道上坐等，眼看日已過午，連個熟悉的影子都沒盼著，便起身踱踱步驅驅寒，這幾日秋風已起，他身上著的還是夏衣，又餓又寒沒走幾步便一個踉蹌，跌進一戶人家裡去了，這家院子裡坐著一個五十多歲的老婦人正在那兒烤火，她抬眼上下一看，便道：「漢子！想是你身子凍寒，不妨坐下烤烤火吧！」秦瓊告罪便坐下了，老婦人見他雖一身狼狽，卻相貌堂堂，便問起原由，秦瓊便把為何落難至此說了一遍。

老婦人聽聞好言勸解了一番，隨即轉身回房煮了一大碗麵讓他解餓，秦瓊也不推卻便吃了，隨即說道：「蒙老奶奶一飯之恩，我秦瓊將來不知能回報否？」那老婦人忙說道：「救人一命才叫做恩，這種口食之事說甚麼報與不報。我看你終非落魄之人，別喪氣！事情總有轉圜之時。」秦瓊聽著老婦人的勸慰，不禁想起久別的母親，心中哀戚的幾乎要掉下淚來，趕緊謝別出門。

爾後秦瓊脫困做了大將軍，不忘這一碗麵的恩德，特別回來尋訪，還捐助了千金為這位好佛的老婦人建了間廟宇，這也可說是一飯千金了。

話說秦瓊這一日到了天都黑了，依然沒等著樊建威，他磨磨蹭蹭還是得轉回客棧歇息，只見客棧燈也熄了，裡面黑咕嚨咚的一個人影也沒有，雖然他中午吃了老婆婆的湯麵，但到這會兒早又飢腸轆轆了，但他哪願意去叫人準備吃喝的，抹抹鼻子就回他那破屋裡休息，怎奈天已入秋，冷風不停的從牆縫中鑽進來，飢寒交迫的讓他輾轉難眠，這時突然聽到輕輕的敲門聲，他驚坐起來忙問：「是誰？」只聽門外傳來女子聲音：「秦爺不要高聲，我是王小二的媳婦！」

秦瓊一聽甚是不解，向來聽說這婦人很是賢德，不像她丈夫那麼的勢利，但這會兒已深夜了，她來此不知為何，只聽這婦人在門外繼續輕聲說道：「我那拙夫小人見識，把秦爺輕看了，多有怠慢，還請海涵。爺今日回來晚了，怕還沒用飯，特留了碗肉湯在此。」秦瓊聽了不禁鼻頭一酸、險些又落下淚來，忙回道：「勞您費心了！」婦人接著又道：「飯盤裡我還放了針線，看秦爺您著的還是夏裝，且背脊上裂了兩條縫，如今已是深秋時令，我們這潞州寒得早，爺明日找個避風的所在縫一縫，等澤州樊爺到來有銀子就好添衣裳了。爺若嫌拙夫言語難入耳，不吃早飯出門也好，盤內還放了幾文錢，得買些粗食點心解解餓。」說完未等秦瓊道謝便自去了。

秦瓊聽得腳步聲遠去，方才開了門，只見一碗熱騰騰的肉羹放在小几上，旁邊還有三百文錢及一索針線，這肉羹湯原是秦瓊初來這店中覺得美味，餐餐要來下飯的，自從王小二知道他錢都擱在樊建威處，供應的伙食是有一頓沒一頓的，這肉湯更是沒再見過，如今

重又捧著這碗肉羹，真箇是冷暖在心頭。秦瓊吃罷，又就著月光把衣衫給補了，隔天清晨揣了那三百文錢，早早又出門，圖得個耳根清淨。

14 秦瓊賣馬

連續如此兩三天，王小二見秦瓊都沒回來吃飯，便懷疑他私攢了錢在身上，或是碰上了甚麼相熟的朋友，便逮著機會冷言冷語的對秦瓊說：「我說您老人家這麼等下去也不是辦法，若果您那位朋友一年不來，難不成爺您也等上一年，我看求人不如求己吧！爺身邊等閒放著些甚麼值錢玩意兒，變賣了，咱們好消帳，爺也能早早完事回鄉呀！」

秦瓊初始聽他言語真是難以入耳，但仔細想想也不無道理，只是出門在外身上哪可能帶甚麼值錢東西，不過就是貼身的兵器一對金裝鐧，這對鐧重一百多斤，卻不是純金的，只是熱銅流金的，從祖父傳到他已是第三代，外頭包的金也磨損得差不多了，不懂的人看著以為值錢，所以這王小二便慫恿秦瓊快去賣了吧！

因為這鐧是祖傳的，秦瓊不忍賣斷，便拿到當鋪典當，沒想到一進當鋪把雙鐧往人家櫃檯上一擱，險些兒就把檯子給壓垮了，這當鋪主人便有些嫌厭，硬說這對金鐧只能當廢銅賣，因為沒人扛得動它們，更別說拿來耍了，秦瓊無奈便說那就照廢銅計價吧！這老闆去頭掐尾的一算，只值個五兩多，這付賒欠的房錢還差得遠了，秦瓊搖搖頭，只得拎著這兩根鐧又回到旅店。

王小二看秦瓊沒當成鐧，仍不死心，催逼著他再拿出甚麼來變賣，秦瓊左思右想，突然想到自己的貼身坐騎黃驃馬，這黃驃馬是匹千里駒，當初是花了百兩銀子才買得的，秦瓊那壯碩的個頭，外加一百多斤的雙鐧，就靠這匹黃驃馬才得以南北奔走，而今為解這燃眉之急，也不得不忍痛割愛了。

王小二一聽要賣馬，忙不迭的趕緊至馬廄牽馬，秦瓊跟進去一看，不禁失聲嘆息，一匹千里駒竟給蹧蹋到毛長蹄穿、瘦骨嶙峋，回頭想想這店家對人尚且炎涼至此，更何況是對牲畜，秦瓊敢怒不敢言，只得扯緊攏頭，牽馬出去，這黃驃馬似有靈性，彷彿知道主人要賣牠，前蹄抵著門檻、兩隻後腿倒坐下去死命不肯出去，若論秦瓊的氣力當然是拽得動牠的，只因看到這馬瘦得厲害，心中不忍也不捨，便只用言語去喚牠，不想這王小二在後頭拾起一根門閂，照馬的後腿劈哩啪啦便打了下去，馬兒吃疼只好躍了出去，王小二把門一關，還撂下狠話：「賣不掉馬，再別回來了！」

這秦瓊牽著馬緩緩來到西營市來，馬市已開，買馬賣馬的人潮絡繹不絕，眾人看到秦瓊牽著黃驃馬經過紛紛走避，還戲言：「看哪！一個窮漢牽著一匹病馬，大家讓讓，別撞倒了他們。」秦瓊只得充耳不聞，牽著馬來回走了幾遭，卻都無人聞問，他忍不住對著馬低聲嘆道：「唉！想當初你在山東捕盜時是何等精壯，如今怎麼落魄成這個樣子？我又如何怨得了你？看看我自己，只因為少了幾兩店錢，也落得如此垂頭喪氣。」

這時路邊走來一位挑柴老頭兒，這馬因為餓得慌，見柴上有些青葉，便一口撲上去，把那老頭兒給撞翻了，幸好是莊稼漢，一翻身便站了起來，秦瓊趕緊把馬兒拉開欠身道歉。老頭兒展顏道：「朋友別著忙，沒跌壞我哪兒。」他又看了看黃驃馬說：「這馬不騎牽著，敢是要賣嗎？我看這馬瘦歸瘦，力氣可不小，你若真要賣牠，我幫你介紹個識馬的好主顧，他住西門外，姓單名雄信，我們都稱他作單員外。」

秦瓊一聽如大夢初醒，早聽得單雄信也是一廣結四方的豪傑，初到此就該去拜候他，如今弄得如此狼狽怎好相見，但想想若錯過了這賣馬的機會，要等下回還不知甚麼時候，於是秦瓊打定主意，見了單雄信只談賣馬，不提別的事，便跟著賣柴的老頭兒來到單雄信住的「二賢莊」，老頭兒進莊稟報，秦瓊便把馬栓在樹下候著，他看那馬鬃失於打理，全結成條狀，便忍不住用手指梳理起來，黃驃馬原低頭

嚙食地上枯黃的乾草，因覺得疼便回頭看著主人，見主人撫慰著自己，忍不住便滾下淚來，秦瓊見狀心一酸便道：「我在山東六府馳名，也是仗著你一臂之力，如今我迫不得已，把你賣在這莊上，你回頭戀戀不捨，我卻仍執意要賣，是我不如你了。」說完，不禁也滾下淚來。

卻說單雄信正好秋收忙完賦閒在莊，聽得有人賣馬便步出莊來，秦瓊隔著溪遠遠看去，只見單雄信身材高壯，英姿風發，再看看自己真是狼狽得可以，便背了身擦去臉上的淚痕。單雄信走了過來，直接就去看馬，他把衣袖撩起，用手在馬腰背上一按，他的臂力最狠，這馬雖瘦到見骨了，但經他這一按，卻文風不動，他又周身看了一圈，知道這確實是匹黃驃馬，遍體金黃色如絲般的捲毛，身長丈餘、高過八尺，極會識馬的他，便知道自己遇到了一匹千里駒。

他轉頭對秦瓊說：「馬是你賣的嗎？」因為他以為對方是個馬販，所以未曾以禮相待，便直言道：「出個價錢吧！」秦瓊道：「這是小可自己的腳力，只因窮途於此，人貧物賤，不敢言價，能有個五十兩銀，足夠回鄉就可以了。」單雄信回道：「這馬討個五十兩銀也不算多，只是瘦得太厲害了，要上好的料伺候，也還不見得養得起來，這樣吧！我予你三十兩銀子，只當送兄長路費罷了。」說完，轉身過橋便往莊裡走，一副並不真想買的模樣，秦瓊見狀只得跟上前去說道：「憑員外賜多少罷了。」

單雄信進得莊來先叫手下把馬牽進槽頭，上些細料伺候著，轉眼就有人來報這馬挺狠的，把單雄信一匹寶貝胭脂馬的耳朵都給咬壞了，而且一口氣就吃下了一斗蒸熟的豆子，此刻還在馬槽裡搶水草吃，不曾停口呢！單雄信聽了暗自心喜，這果真是匹好馬，於是轉回房取了三十兩銀子，正待交給秦瓊時，突然又問道：「朋友！聽你的口音敢是山東來的，是哪一府呢？」秦瓊回道：「是齊州。」

單雄信一聽是齊州便把銀子擺到桌上，請秦瓊坐了，這舉措讓秦瓊七上八下的以為對方反悔又決定不買了，這時單雄信好言問道：「敢問仁兄，貴府有個我仰慕已久的朋友，不知兄認識否？此兄姓秦，我不好直稱他的名諱，他表字叔寶，遠近皆知他的美名，現今在濟南府當差。」秦瓊因一身狼狽，不好直言：「是我！」只得隨口說：「是小弟同衙門的朋友。」單雄信一聽大喜忙寫了封書信請眼前這位大漢帶回齊州，敬呈他心儀慕名已久的秦瓊，除了三十兩賣馬的文銀，又多添了三兩銀子、兩疋布綢做答謝送信之禮，秦瓊接過禮不敢久留，怕言語中露出馬腳，便匆匆告辭了。

15 秦瓊與單雄信

他步出「二賢莊」，把原說好的謝銀給了賣柴的老頭兒，便一人趕著進城，這時日已西偏，一日滴水未進，腹中空空如也，便找了家飯館叫了些酒菜，哪知店小二看他衣衫襤褸，也不大招呼，送上來的酒和菜都是冷的，秦瓊待要發作，想想沒意思得很，若真吵將起來給傳出去，只道我為了口腹之慾便瘋癲起來，豈不落人笑柄，於是忍住氣把那冷酒冷菜給囫圇吃了。

沒一會兒，店外突然喧嚷起來，原來是幾位衣著光鮮的貴客上門，店裡的伙計忙前忙後的招呼著，秦瓊抬頭一看，中間坐著的可不正是老朋友王伯當，他瞧自己這番光景實在不好相認，挾了銀兩布綢正想走，沒想到仍是被看見了，坐在東廂房的王伯當怕自己認錯了人，叫手下前去確認，秦瓊眼看躲不過了，只得迎向前去說道：「王兄！是不才秦瓊落難在此呀！」這王伯當一聽，忙脫下身上的外衫裹住秦瓊拉回東廳便抱頭痛哭了起來，這時秦瓊反而好言勸慰道：「仁兄不必落淚，小弟雖說落難，但也沒甚麼大事，不過是為了守候批文待久了，欠下些店錢，才流落至此。」

王伯當一聽忙問：「兄在此可去會過單二哥嗎？怎麼不去找他呢？」秦瓊忙說：「這就是我疏失之處，先是不曾想起單二哥，後來……」於是便把賣馬之事說了一回，這王伯當聽了不禁失笑道：「單二哥是有名的豪傑，難道還與兄做生意？討價還價？這也不成個單雄信了，如今與我同去，這馬少不得奉還，我還要取笑他幾句。」秦瓊忙道：「在潞州不拜雄信是我的缺失，方才賣馬他問起歷城秦叔寶，我只說是相熟的朋友，他又送了布綢二疋、程儀三兩，我如今前去只是羞愧難當，還請兄到『二賢莊』，替我委婉致意，說賣馬的就是秦瓊，之前因未曾奉拜得罪了，後來又因為羞赧不好相認，如今得單二哥襄助，已可返鄉，待來日再到潞州時，定登門請罪拜

謝。」這王伯當知道不好勉強，也知秦瓊思母心切無意逗留，便問明了落腳的客店，打算隔日再約了單雄信來送行。

這秦瓊別了故友回到客店，沒想到店門已關，原來這王小二見他天都黑了還不曾回來，想是又沒賣成馬，索性把大門給鎖了，待聽到秦瓊在外擂門，冷言冷語的說道：「您老早些回來就好了，今日店內客人多，怕門戶不謹慎走失了財物便鎖了門，鑰匙給客人帶進房中了，您老人家今晚就在外頭木條凳上將就些吧！」這秦瓊一聽便火起，本想一拳頭打爛那扇木板門，但想想因此惹上官司，耽誤行程，少不得又要驚動單雄信、王伯當等人，就沒意思了，只得忍住氣道：「我今天賣馬得了銀兩，在外頭睡，若有差池，就不干我的事了。」

這王小二一聽有錢入帳，又從門縫往外偷窺，果然不見馬的身影，想來是真的了，便喜得笑將起來說：「秦爺！

我和您說笑話來著，難道這下霜的天氣，我還讓您睡在屋外不成？」說著便把門給打開了，秦瓊也懶得和他囉唆，即刻叫他把帳給結了，趁著星夜便趕路回鄉，臨行前特意向王小二的媳婦言道：「我匆匆起身不能相謝，容日後再致意了。」這婦人忙道：「秦爺在此款待不周，不怪罪我們已是寬宏大量了，何敢言謝。」於是，秦瓊趁著城門未關，便急急步行出發了。

話說這王伯當當晚便來到了「二賢莊」，一見單雄信便開言：「聞得兄長今日得一良馬，特來賀喜。」這單雄信納悶道：「弟今日確實以三十兩銀購得一千里駒，兄何以得知？」王伯當笑道：「為人再別貪小便宜，討了便宜便要吃大虧的。」單雄信驚疑問：「難不成這馬是偷來的？」王伯當說：「馬倒不是偷來的，不過，你可知道這賣馬的是誰？就是你常提及慕名已久的秦叔寶呀！」單雄信聞言大驚：「怎會是他？如今安在？」王伯當便將在酒肆巧遇秦瓊之事說與他知道，還將秦瓊請他轉達的話語也說了明白，這單雄信原欲即刻就前往客店接秦瓊回莊上的，但夜已深，便等天明起了個早，攜著王伯當一同來到王小二店前，誰知卻撲了個空，這王小二怕他們真的尋著了秦瓊，知道自己惡劣的行徑，便謊稱秦瓊是跟著回頭的差馬早一晚就離開了，單王二人為此扼腕不已。

你說這秦瓊真的便順利返鄉了嗎？唉！只能說他災星未除，他出得城門走不到五里路便因風寒支撐不住，病倒在一座寺廟前，這寺廟乃東嶽行宮，都只因為秦瓊長時間飲食失調，前一日又以冷酒冷菜果腹，再加思親返家心切，顧不得衣著單薄連夜趕路，一著風寒便真個是兵敗如山倒，偌大的個子倒在人家寺廟大殿前，那雙鐧著地還砸破了好幾塊地磚，幸得住持正是魏徵，也就是我們前一個故事說到輔佐唐太宗的良相魏徵，他看出這病倒的漢子非凡夫俗子，便悉心為他調理身子，讓他在廟內好好養病，後來單雄信為自己去世的兄長做法事，來到這東嶽寺才又巧遇重逢，這回他再也不肯放過秦瓊，定要接回莊去照顧，秦瓊便在「二賢莊」直待到來年春暖，身子痊癒了才打道回府。

臨行前，單雄信不僅把那黃驃馬養得精壯如昔，還怕秦瓊不肯收受他饋贈的銀兩，特意叫人把銀錠照馬鞍的形狀打扁了縫在坐墊裡，藏在馬鞍下。哪知這番好意又為秦瓊招來了更大的禍事，真個是人倒楣時，放屁都會打到腳後跟。

卻說秦瓊拜別了單雄信，歸心似箭一路奔馳，當晚便投宿在皂角林的一家客棧，不想這一帶響馬鬧得慌，客店老闆看秦瓊隻身一人，又衣著光鮮，便有些疑惑，見他進了房便尾隨在外偷窺，秦瓊在屋裡打開鋪蓋要睡，卻覺得這褥子異常沉重，用手壓一壓，好似有硬物在其中，便將褥墊拆解開來一看，竟是一塊塊打實了的馬蹄銀，心中不禁又喜又驚道：「單雄信呀！單雄信！你如此厚贈，又恐怕我不

肯收受，故暗藏於此，真是有心人呀！」

哪知這番光景全給店家看在眼底，更當他是響馬，那些銀兩便是賊贓，趕緊通報當地捕快捉拿秦瓊，他又為了搶功趕在頭裡踢了門便進去，這秦瓊正攤著一桌的銀兩，忽見有人闖進屋裡，只道是匪盜要搶銀，手一推那店老闆便一腦袋撞上牆，當場便嗚呼哀哉掛了，外頭捕快一窩蜂衝進來，又是刀又是棍的，秦瓊怕傷著這些衙役，不敢再做抵抗，也只好束手就擒，如此一來便給押到衙門送進大牢，後來雖在單雄信奔走下洗脫了盜匪的嫌疑，但誤殺人是實，終究被判了個充軍，也因此又再耽誤了兩年，才得回歸故里，親奉老母。

較之於後來的飛黃騰達，秦瓊這一連串的遭遇，真可說是背晦到了極

點，幸虧他是個忠厚老實的漢子，且時時以家中老母為念，便沉得住氣，沒仗著自己一身好拳腳，做出甚麼不可收拾的大禍事，而由這一段故事中，我們也可感受到英雄豪傑彼此惺惺相惜的氣概，這才真是所謂的義氣呀！

16 安公子救父遠行

在中國的武俠世界或章回小說中，有不少英雄豪傑的故事，前面提到的秦瓊、李靖、單雄信、尉遲恭等人，便是其中的翹楚，除了這些男子豪傑外，更還有一些不讓鬚眉的巾幗英雄，也很值得我們來認識、認識，今天我們要說的就是《兒女英雄傳》中的十三妹，讓我們來看看她是何方神聖，又做了甚麼令人嘖嘖稱奇的俠義事情。

話說在清朝雍正年間，有一飽讀詩書的舉人，名喚安學海，因功名來得晚，直至四十多歲才中了進士，被皇上欽點河工知縣，被派到淮安一帶治水去了，這安老爺留下唯一的兒子在京城預備科考，自己帶著夫人上任去。他為人正直，到任後不懂得逢迎拍馬，更不願和那些貪官污吏同流合污，再加上時運不濟，黃河潰堤，把他監工剛修好的河堤給沖毀了，便被他的上司參

了一本，革職拿辦，待罪賠修，這一賠便得要五千金，安老爺只得修一封家書，請兒子變賣了家產好賠金贖罪。

安老爺的公子名叫安驥，是個侍親至孝的人，一聽得父親落難，顧不得親友勸阻，攏了四處張羅來的二、三千兩銀子，便帶了一老一少的家僕，又雇了兩個驢夫、趕著四頭驢子，直往父親的所在淮安奔去。這安公子年紀輕，從小被眾人呵護長大的，平時多在家讀書做文章，等閒不會出外應酬，所以人情世故生疏得很，見到生份一點的人，還會像女孩家一般臉紅羞怯，但這回為了父親，就算前頭有多大的險難，他仍是硬著頭皮出門了。

也該是他們父子倆晦運當頭，倒楣倒到家了，這安公子出門才頭一天，便有鄉人追來道，這年輕的僕人小柱兒家裡出了事，他的母親在家摔了一跤、性命垂危，年長的管家華忠本不讓他回去的，是這安公子不忍的說道：「這件事聽了就叫人難過，我原是為老爺的事出來，他也是給人做兒子的，同樣是為父母，怎的就不讓他回去見親娘一面？還該給他幾兩銀子，放他回去，換小露兒來吧！」華忠無法，只得叮囑再三，要他趕回去即刻叫小露兒前來。誰知道這柱兒一回到家，母親便往生了，他慟到糊塗了，又趕著為母親處理後事，等忙完想起華忠的叮囑，已是好多天後的事了。

話說他們主僕一行人在旅館等了一日，不見小露兒前來，安公子救父心切，只好留了話在客店，繼續趕路去也。這一路華忠倒也把公子安頓得妥妥當當，但是逢打尖住宿、飢飽寒暖都由他伺候，那兩驢夫且又是貪得無厭之輩，早晚死纏爛打就為多訛幾吊錢買酒，把個已有年紀的華忠給心煩意亂鬧出了病。

這一日他們投宿在一家客棧裡，連日趕路公子也乏了，早早打開鋪蓋便要就寢，不想這華忠老爹卻患肚子疼，剛躺下就往茅廁跑，一夜連跑十幾趟，人說「好漢禁不起三泡稀」，更何況這華忠已有了年紀，熬到天明，人便臉色發青躺在床上再也起不來了，這公子嚇壞了，趕緊向店主人求救，幸好這客棧當家的略懂醫術，即刻取了銅錢和一把麥桿子，又刮又打的把周身弄得一身黑紫，這華忠的手腳才漸漸回溫過來，接著又針灸扎了幾針，才說得出話來，只是這店家囑咐，千萬要在床上休養個二十天才好起身，不然會鬧出人命的。

一聽這話，他們主僕二人都傻了眼，華忠躺在床上先就老淚縱橫道：「我原想就算小露兒趕不來，拚了命也要把你送到老爺那兒，誰想得了這場病，我怕要誤事了。」這公子原已心亂如麻，再見老僕這光景，便忍不住也窸窸窣窣抹起眼淚來，華忠見狀趕緊撫慰說：「我的好小爺，你且莫傷心，聽我的話要緊。」

原來這華忠有個妹婿褚一官，就住在離前站不遠、名叫「二十八棵紅柳樹」的地方，跟著一位鄧九公老英雄做保鑣，華忠叮囑公子往下一站走，

投宿在悅來客棧，請驢夫捎封信給他的妹婿，請他無論如何都要護送公子到淮安去。華忠不放心又叨叨囑咐公子，要白天行路，只能走大路，住在店裡也不可胡亂行走，銀子不可露白，等閒的人不可讓他進屋，就怕有人喬裝成乞丐、賣貨的，為強盜來打聽消息，還有「逢人只說三分話，不可全拋一片心」，對任何人都要心存提防。公子將這番話語牢記在心，才依依不捨別了老華忠，和驢夫們繼續趕路。

這一天午後公子一行人果真趕到茌平，也在悅來客棧投宿下來，這茌平是個熱鬧的市鎮，悅來客棧也是個不小的客店，往來做買賣的客人甚多，公子找了個單間房住，隨即草草用了餐，趕著叫兩個驢夫送信到「二十八棵紅柳樹」去，公子則留在客店守著銀子，一步不敢離開。誰知這兩個驢夫心懷不軌，一路上華忠盯得緊，不敢打甚麼主意，這會兒只剩公子一人，再加上方才卸行李時，掂了一掂放銀兩的袋子，那重量少說有兩、三千金，於是惡向膽邊生，打算信也不送了，想趁著暗夜將安公子誆騙上路，尋個山路把他推落崖下，那銀兩便可據為己有了。

當他們兩人在暗處商量這事時，滿以為神不知、鬼不覺的，卻沒想到被一路過的人有心給偷聽了去，這人是誰呢？正就是這故事的主人翁，也就是十三妹終於登場了。

這十三妹到底是何方神聖呢？其實她既不叫十三，在閨中也非排名十三，她本名何玉鳳，本來也是官宦人家的千金，父親是一名武將，官居二品，在當朝大將軍紀獻唐手下當中軍副將，夫妻二人就只得何玉鳳一女，寶貝似的疼愛，這玉鳳倒也奇特，長得秀麗清奇，自小卻不愛針織女紅，只喜讀書，更愛弓馬，學得全身武藝。不想那紀大將軍聞得何玉鳳才貌雙全，定要為自己的次子娶作媳婦，這紀獻唐的次子平日驕蠻橫行，何玉鳳的父親自然是不答應這門親事，因

此得罪了紀大將軍，被構陷入獄，沒幾日便鬱結而亡。這何玉鳳唯恐紀獻唐繼續逼迫，只得帶著老母遠走他鄉，過著隱名埋姓的日子，而在一個巧合的機緣下，她們母女兩人來到了「二十八棵紅柳樹」，何玉鳳以自己一身的武藝，解了鄧九公的困境，便被鄧老英雄收作義女，在不遠的青雲山搭了幾間茅廬住了下來。

這一日，十三妹騎著一頭小黑驢，踽踽往茌平而來，行到一僻靜角落，看見兩個人鬼鬼祟祟在那兒算計

甚麼，她側耳一聽便明白了這是一樁謀財害命的壞事，平日便行俠仗義的十三妹焉會不管，而她會如何插手管這件事呢？那安公子又會乖乖聽她的話，因此順利完成這趟救父之旅嗎？且聽下回分解啦！

17 十三妹行俠仗義

話說這十三妹在偶然之間聽得那兩名驢夫意圖謀害安公子，奪取他帶在身上要去援救父親的兩千多兩銀子，便先行騎著她那頭小黑驢，來到茌平的悅來客棧，而這安公子在客棧裡正焦急的等著驢夫從「二十八棵紅柳樹」捎回褚一官的回信，他坐在自己客房的門口，不停的向外張望，不一會兒，突然聽到驢子答答答的蹄聲，滿以為是驢夫回來了，便走出門向外一探，卻看到一個年輕女子將一頭黑驢繫在樹下，接著便緩步走到他房門的對面，隔著一個庭院，坐了下來，接著便直愣愣的朝他這裡望，這女子長得眉清目秀，脣紅齒白，有桃李之豔，卻隱隱透著冰霜，那雙眉眼不怒而威，令人有些生畏。

這安公子從來就怕見眼生的婦女，一見便忍不住臉紅，因此他急急縮回身子回到房間裡，但他有些不放心，便又探出頭去看，沒想到對門那個女子仍是直著眼往這裡瞧，他看了心一驚，趕緊又縮回頭來，他不禁納悶起來，這女子是何方神聖，她那一身的裝扮，完全和他平日看到的女孩不一樣呀！

莫非她就是華忠老爹所說的，專門為強盜土匪打探消息的人。安公子這念頭一動，忍不住就打起哆嗦來，要是這女子索性闖進屋來那還了得，於是他趕緊把門給闔上，用門閂閂好，卻沒想到那插門閂的關節掉了，門不僅閂不上，並且闔也闔不攏，手不撐著，便吱呀呀的又敞開來了。

這安公子從關不住的門往外一瞧，卻見那女子對著他不住的冷笑呢！這冷笑可笑得他頭皮發麻又打起了哆嗦，公子想這可怎麼好，就算用桌椅擋著，人家腳一踢，門不照樣大開，這可得找個重一點的東西來抵著才妥當，他左思右想，終於想起門外庭院靠牆處，放了一個碾糧食用的大磨，看起來少說快三百斤，若拿它來抵門是再好不過了，於是他叫來跑堂的，紅著臉央求人家幫忙把那塊大石磨給搬進屋裡，這跑堂的一聽忍不住說道：「我的大爺！您這不是在開我玩

笑嗎？這麼沉的一塊石磨我要搬得動，我就去考武狀元啦！」安公子忙說：「你們這兒不是有打更的更夫嗎？煩你請他們幫我搬進來，我給他們幾個酒錢。」

這真是有錢能使鬼推磨，跑堂的一聽有賞，便真的喚來了兩個更夫，長得倒也高頭大馬的，其中一個來到石磨前，就先用腳噹的一踢，那石磨文風不動，倒是那更夫先唉唉的叫起腳痛，這時便有一些閒雜人等也圍了過來，有的說還要再加人手，另外的則說要拿大棍子來先把石磨撬開，一群人七嘴八舌在那兒說個不停，這時，坐在一旁冷眼旁觀的女子，終於起身挪步款款走了過來說道：「弄這塊石頭何至於如此的人仰馬翻？」說完那女子便走到跟前，端詳了一會兒，卻見那石磨上鑿了個眼，便又發話道：「你們閃開吧！」接著便把袖子挽了挽，兩隻小腳站穩了，挺起了腰板，兩手扶定了石磨，左右晃一晃、推一推，石磨周圍的土就鬆動了，接著用手輕輕一撥，便順勢把石磨給撂倒了。這時圍在一旁的眾人早已大聲叫好，唯有那安公子急得冷汗直冒，只能在院子裡乾轉。

且說那女子把石磨撂倒在平地後，接著便伸出兩根手指頭，勾住石磨上的眼，往上一使勁，便單手把那兩百多斤的石磨給提了起來，還向著那兩個更夫道：「你們兩個也別閒著，把上面的土給拂拭淨了。」那兩個更夫屁滾尿流的趕緊向前拂落一陣，這女子才滿臉含笑的回過身來問安公子：「尊客，這石頭要擱哪兒呀？」那公子羞得面紅耳熱的趕緊回道：「有勞，就放在屋裡吧！」那女子聽了便一手提著石磨，臉不紅、氣不喘的蹬上臺階、跨進了門檻，輕輕鬆鬆的把石磨帶進屋、擱在牆邊上，門外看熱鬧的人潮這才散去。

安公子只得硬著頭皮也跟回屋裡，他把門簾兒一撩，閃到一邊，明顯要送客的意思，誰想到那女子放下石頭後，拍了拍身上的土，便挨著桌子坐了下來。這安公子心想，搬這石磨原是防她進來的，沒想到卻引狼入室讓她給進來了，如今想要她出去，她卻賴著不動，且行李銀兩都擱在屋裡，想逃到屋外也不成，這可怎麼好？

就在公子進退兩難時，這女子反客為主的發話了：「尊客請坐，我有話請教，敢問尊客仙鄉何處？欲往何去？是有甚麼要緊事物？為何孤身一人輾轉道途？」這時安公子突然想到華忠老爹告誡他的「逢人只說三分話，未可全拋一片心」，於是便支吾其詞，故意說自己是去河南謀職，還有個夥伴在後頭，即刻就會趕來和他相會，至於姓氏是祖宗傳下來的不好改，便老實說了自己姓安。這女子聽了便又問道：「那這塊石頭要它何用？」公子聽問臉又紅了，難不成說是為了防她才要人搬進來的，只好支吾其詞說：「我看這店閒雜人忒多了，拿它來頂著門，晚上也嚴謹些。」

這女子聽罷冷笑道：「你這人真是枉讀詩書，你我萍水相逢又男女有別，若不是有緣故，我何必苦苦相問，你卻只是支支吾吾、閃爍其詞，你把我當何等人？你說要往河南去，那早該在前面就往另一條路岔去了，如今你走的是山東大路，若說往淮南一帶去還有道理。至於說到謀職，哪有人身上揣著個兩千多兩銀子去找工作的？我原是一個多事的人，我不願做的，你哀求我也沒用，我一定要做的，你輕慢我也無妨，就拿你搬這塊石頭來說，不就為了防我？我兩根指頭便把它提溜了進來，我如果真是算計你那些銀兩，這塊石頭防得了我嗎？你分明是誤認了我的來意，把我當作強梁之輩，我只得略顯身手，索性打破你的疑慮，再說明我的來意，不想，你始終左遮右掩、瞻前顧後起來，尊客！你這不僅是負了我一片熱腸，恐怕還要自誤前程呀！」

公子一聽，這女子不僅道破了他的誑語，連他要去哪兒、又帶了多少銀兩都一清二楚，急得他紫脹了臉皮，倒抽口涼氣，便哭將起來，這女子見狀驚詫笑道：「這可奇了，你不把話說明白，怎麼倒哭起來了，你也是個漢子，就算有淚也不該向著我們女孩兒流呀！」這小爺聽了索性抽抽噎噎痛哭起來。那女子道：「既這樣，就讓你哭個痛快，哭完了，我到底要問，你還得給我說個明白。」

公子心想，以這女子的本領，要奪他的銀兩、取他的性命，不過是吹灰之力，如今她苦苦相問，或許真有甚麼道理，於是便不再隱瞞，一五一十的把父親如何半生苦讀，才得了個榜下知縣，怎的遭那貪官上司所陷，革職拿問、帶罪賠修哭訴了一遍，接著又把自己如何變賣田產，趕去救父親，以及路上發生的種種

遭遇，都一併傾吐了乾淨。這女子不聽還好，一聽便柳眉倒豎，杏眼圓睜，一股熱淚便在眼眶裡打轉。你說這女子為何反應如此激切？別忘了，她不是別人，她正是那路見不平就要出手的十三妹呀！至於她要如何搭助安公子，救他們父子團圓，那就得再聽下去啦！

18 能仁寺公子落難

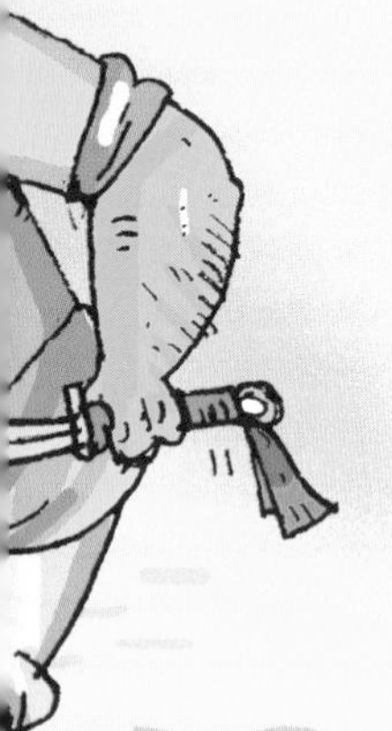

話說這十三妹聽了安公子的一番哭訴，不覺也跟著紅了眼眶，因為他們的遭遇竟如此相彷，父親都同樣遭奸人所害，幾至鬧得家破人亡，也因此一股濟弱扶傾的俠情便油然而生，她用袖口拭了拭淚，隨即斂容道：「公子，你這些話我都聽到了，也都明白了。你如今是窮途末路、舉目無親，我既知道了這事，便不會撒手不管，你放心，我把眼前幾樁小事處理處理，隨即保你一路到淮安，許你個父子團圓。」接著又叮嚀安公子，務必要等到她回來再啟程，若那驢夫回來，不管說甚麼都要拿定主意，等見了她的面再動身。說完拉過那頭小黑驢，一陣電捲星飛，便不見了蹤影。

卻說十三妹搬石頭的時節，引來了一堆閒雜人等，也早驚動了店家主人，這掌櫃的見十三妹行跡古怪，又見公子年輕沒甚麼處事經驗，深恐弄出甚麼事來，害店中受累，便來到公子房裡探探消息，只見公子坐在桌前愣愣的發呆。這店主人便問道：「客官！您和方才那位姑娘可是一路來的？想是極為熟識的友人？」這公子喃喃的回道：「我連她姓字名誰、家鄉何處都

不知道，從哪認識起？」這店家一聽更是疑慮，這時正好那兩個驢夫也回來了，向公子誆稱見著了褚一官，褚爺正忙，無法前來會面，交代他們兩人連夜帶公子去「二十八棵紅柳樹」和他會面。

這店主人一聽便趁勢說道：「我說句話，客官您別多心，我方才瞧那娘們兒不太對眼，也不知她居著甚麼心，只是我們在外行走，可千萬小心，若說推辭不了，躲總躲得過，不如趁著天未黑盡，早早上路，不就避開了？」公子聽了先還猶疑，不想那兩個驢夫聽店主這番話正中下懷，便在一旁幫腔，弄得公子一陣心慌意亂，不僅把十三妹的話給擺在一邊，連華忠老爹千萬不可趕夜路的叮嚀也給拋在腦後了，當下，便收妥行李趕路出發了。

卻說那兩個驢夫引著安公子出了客棧，順著大路便往向北的小徑岔去，這條小路自然不通往「二十八棵紅柳樹」，而是上黑風崗的路，他們原想在這條行人罕至的山路上，趁著夜黑風高、尋個懸崖把公子推落山谷，好奪取他的銀兩，不想突然從林子裡竄飛出一隻貓頭鷹，把走在前頭安公子騎的驢，給嚇得撒了蹄往前直奔，這一奔便把那兩個驢夫給甩在後頭，想追卻慢了幾步，這安公子騎的驢是直奔到一座大廟前才止了步。

這時安公子喘息稍定，抬頭一看，卻見山門上大書著「能仁古剎」四個字，這時正是點燈時分，他索性下了驢踱進廟裡來，只見一個老和尚提著燈迎上前來道：「施主，敢是來投宿的嗎？廟裡有現成的茶飯、乾淨的屋子，住一宿，不爭店錢，隨施主布施。」這時那兩個驢夫也趕了來，忙搶著說：「你別攪局，我們還趕路呢！」這和尚一聽忙說：「你們這時要過崗可是不要命了，我告訴你這兩個月山裡頭出現了一隻大山貓，傷了好幾個人，依我說，你們今晚在廟裡住下，明日早起再過崗吧！」安公子覺得有理便答應了，且這時早有兩個年輕力壯的和尚也冒了出來，不由分說便把行李卸下往屋裡提，這兩個驢夫無法只好牽著驢往馬棚安頓去。

安公子隨和尚來到西配殿，不一會兒又冒出個自稱是住持的胖大和尚，長得是橫眉豎目、一臉紅肉，臉上還不知為什麼有幾道抓痕。他假作斯文的向公子施禮，隨即叫那兩個年輕和尚預備膳食，不一會兒，倒也擺了一桌的素食素酒，接著便好生熱絡的端起酒盅向公子勸起酒來，公子忙欠身道：「我天性不飲，還請見諒！」說話間沒注意，一個失手，便不小心把酒給潑到了地上，不料這酒一著地便冒出一股煙氣，這胖大和尚頓時翻臉，抓過公子的手腕便吼道：「你是敬酒不吃吃罰酒，好生勸你酒不吃，還把酒潑地上，你這是甚麼意思？」公子一聽腿都軟了，趕緊賠罪道：「大師傅別動怒！我是一時失手呀！」這胖大和尚不由分說，拽著公子便往屋外拖，又從僧衣裡掏出一條麻繩，三下兩下的就把公子五花大綁的綑在廊柱上，嚇得公子戰戰兢兢哀求道：「大師傅看在菩薩面上別動怒，放我下來，我喝酒就是了。」

這胖大和尚豹眼圓睜道：「你聽著！我也不是你的甚麼大師傅，老爺行不改名、坐不改姓，我乃赤面虎黑風大王便是。我在這能仁古剎坐鎮，專管過往如你這般有錢有財的肥豬，今兒個是你自個兒闖了進來，原看你可憐見的，給你口藥酒喝，叫你糊里糊塗的死了就完事了，怎麼給你識破了抵死不喝，我倒要看看你的心有多透亮。」說完，旁邊的和尚早遞上一把尖刀，只見這黑風大王拾起刀便往公子心窩刺來，這公子早已嚇得臉色慘白、緊閉雙眼準備受死了，但聽「噗」的一聲，接著便又傳來「哎呀」的慘叫，這三人裡倒了一個，但這倒的卻不是安公子，而是那凶神惡煞的赤面虎，接著又是

「噗」的一聲，這回倒下的，仍不是安驥公子，是那站在一旁還在發愣的年輕和尚。

卻說這仍被綁在柱子上的安公子，早已嚇得魂飛魄散不知身在何處，當他悠悠醒轉過來時，眼前突然出現一道紅光，像彩霞一般飛了過來，定睛一看卻是個人影，只見那人著了一身的紅，頭上也罩著一方紅布包頭，手執一把尖刀直衝著自己而來，安公子又只能眼一閉哀聲道：「我安驥這回真要喪命了！」不想，那尖刀一近身，哧的一挑，便把那綁在身上的麻繩給挑斷了。安公子這才恍然大悟，對方原來是救他來著。大難不死的他腿一軟、順勢跪了下來道：「你可是過往的神靈？不然，你定是廟裡的菩薩，來解我這場大難，我安驥果然不死，父子相見，那時一定重修廟宇，再塑金身。」

只聽那人發話笑道：「你這人是昏聵了，還是怎麼回事？方纔和我在悅來客棧說了半天的話，又不是隔了十年八年、千里萬里的，怎的此時又不認得了？倒鬧起甚麼菩薩、神明來著。」這安公子一聽、再定神一看，果真不就是店裡見著的那名女子，他便又說道：「原來真是姑娘您呀！不是我不相認，只是姑娘您換了裝扮，月光之下看不真確，再者，我萬萬也料想不到姑娘您肯趕這遠路，特來救我這條性命，您真是我的重生父母……」

這安公子說了一大套感激涕零的話，這女子卻沒放在心上，只見她把揹在背上的一只弓和一個包袱卸了下來，接著又從身後襖子底下抄出一把亮閃閃的雁翎倭刀來，公子一看「哎」的一聲又跪了下來，那女子道：「你這人好生糊塗，我要殺你，方才綁著的時候不更方便，還等這時候？我這包袱萬分要緊，你到屋裡躲著，給我好好的守著，一會兒這院裡還有一陣大鬧，你要愛看熱鬧，就在窗上戳個窟窿巴眼瞧瞧，可不許出聲，萬一你出了聲，招出事來，弄得我兩頭顧不到，你可沒有第二條命，你知道嗎？」安公子聽了，趕緊乖乖躲進屋裡，大氣都不敢喘。

至於這女子所說的一陣大鬧又是怎麼回事，請聽下回分解。

19 十三妹大戰惡和尚

卻說這十三妹從赤面虎黑風大王的刀下搶救了安公子，順道也結果了這兩名惡僧的性命，她料定這廟中還不知窩藏了多少假扮和尚的盜匪，若知他們的大頭頭被她暗器所傷、已命喪黃泉，焉肯善罷甘休，因此索性大鬧一場，把這些做盡了傷天害理之事的匪徒剷除個乾淨，也算為地方除害。因此她先把安驥公子安頓在禪房裡，隨即閃在門旁暗處等著。

果不其然，沒一會兒便見兩個和尚從廊的那一頭說說笑笑走了過來，黑暗中沒看清楚，被地上死絕了的大和尚絆了個踉蹌，這才驚覺不對，這時十三妹也從暗處閃了出來，他們倆先是一驚，隨即發現是個女的，便不怎麼當回事的盤問道：「妳是誰？」十三妹答：「我是我！」另一個瘦些的和尚又問：「是妳！就問妳呢！我師傅這是怎麼了？」十三妹說：「你師傅這大概算是死了罷！不巧還是我弄死的。」那瘦子發火道：「妳憑甚麼弄死他？」十三妹不惱不火道：「准他弄死人，就准我弄死他，就這麼個道理。」

這瘦和尚聽了火起，便掄起拳打了過來，他倒也有些武功底子，耍的是少林拳，平日二、三十人也近身不得，但和十三妹交手個幾回，便敗下陣來，他不甘心，又回伙房抄了把三尺長的火剪攻了過來，卻又被十三妹的雁翎寶刀給削成兩截，這十三妹索性趁勢舉起寶刀，收拾了兩人性命，遠處還有一個觀戰的老和尚，見狀拔腿就跑，十三妹倒也不追，揚聲道：「不必跑！且留你一條命再去叫人來，索性我一不做、二不休，來一個我殺一個，來兩個我殺一雙。」說完便飛到院子裡等著。

沒一會兒工夫，果聽得鬧哄哄一片聲響，只見四個大漢，手持著棍棒

湧了出來，十三妹看他們人多勢眾倒也不怕，只是怕待會兒不好交手，便一縱先躍上了房頂，揭了兩片瓦，朝其中兩個大漢腦門擲去，當場便放倒了兩人，接著重新飛回院裡，把那倒地的漢子手上的棍棒拾起，掄開棍子便是一頓好打，這剩下的兩人全不是她的對手，三兩下便落花流水的被了結了性命。那十三妹臉不紅、氣不喘的冷笑道：「這等不禁打，也值得來送死，這廟裡似這等貨色的還有多少？」

話才說完，只聽背後暴雷似的一聲大吼：「不多！還有一個！」緊接著，便看到一個碩大的人影撲了過來，人未到，那純鋼龍尾禪杖已罩頭砸了下來。幸得十三妹眼明手快，丟了棍棒，抄起雁翎寶刀架住，再一使勁，才挑開那沉得不得了的龍尾禪杖。這十三妹退後一步看，原來這唱壓軸戲的是個一臉橫肉的虎面行者，十三妹看對方來勢洶洶不敢怠慢，舉起刀來便直取

那和尚的要害，這和尚不是等閒之輩，也舉起禪杖相迎，你來我往好一陣廝殺，一個使的是雁翎寶刀，一個耍的是龍尾禪杖，刀光棍勢，撒開萬點寒星；棍豎刀橫，聚作一團殺氣。他們一個穿紅、一個著黑，在那冷月昏燈之下，好一番惡鬥。

正打得難分難解之際，這十三妹故意賣了個空，等禪杖襲來，身一側，揚起胳臂，早把那禪杖綽在手裡，這和尚見兵器給人拿住了，自是氣得咬了牙往後拽，十三妹趁勢鬆了鬆手，那和尚險些往後摔了個四腳朝天，好容易插穩兩腳，挺起腰想往前掙，不防又被十三妹往前一帶，人便重心不穩摔了個狗吃屎，這一摔、再加十三妹小腳一蹬，便再也爬不起來了，十三妹執起禪杖當頭一擊，這和尚便命喪在自己的龍尾杖下了。

這十三妹防著廟裡還有餘孽，便四處尋了尋，果真

在伙房裡找著了那漏網的老和尚，她伸手往他頭頂一按，原是要他噤聲不語的，哪曉得這一按，手勁重了些，把頭給按進脖子裡去了，當場也交差了事了。接著她尋到了馬棚，只見棚裡卸著一輛糙蓆篷子大車，另還有一頭牛，幾匹驢子，一旁草堆裡躺著兩個人，走近一看，卻是那兩個驢夫，早被和尚殺了橫屍在那兒，至此便再沒看到一個活口。算一算，除了這兩個驢夫不在帳內，這十三妹在頃刻之間，便把廟裡十個胖壯和尚的性命都了結了。

這十三妹在院子裡殺得痛快，不想這安驥公子在屋裡早已嚇得屁滾尿流了，不過十三妹交給他的那個包袱，倒是被他好好的揣在懷裡。但躲在屋裡床上的他，卻隱隱的老聽到不知從哪傳來女子悠悠的哭泣之聲，這哭聲似近似遠有些鬼魅，弄得他不禁要毛骨悚然起來。好容易等到十三妹料理好外頭回到屋來，公子趕緊求援，說著的同時，果真又傳來女子哭泣之聲，十三妹平日便聽得這能仁寺裡的和尚，有些不公不法，只是與她無關，便沒想管這閒事，直到方才和那幾個和尚交手，料想背後定有更多劫財害命、傷天害理的勾當，便又在屋裡尋了一遭，果然在隔壁間櫃子後，發現了一個暗門，那哭聲就是從裡頭傳出來的。

十三妹打開門，只見裡面隱隱透著光，她循著光走下一段階梯，卻見一對母女愁雲慘霧的坐在一張桌子前，那年輕女兒雖是鄉間女子打扮，卻透著蕙質蘭心一派大家風範，且好生奇怪的和自己長得一個模樣，十三妹細探之下，才知道他們原是一對老夫妻帶著閨女，要到京裡投靠親戚，不想路過這能仁寺賊窩，給誆騙了進來，是那大和尚見這叫張金鳳的女子長得清麗脫俗，硬要強留下來做押寨夫人，是這女子抵死不從，三兩下就把那和尚抓得個花貓臉，幸而這當口，又有安公子自投羅網闖進廟裡，大和尚這才歇手，想先去處理完那隻大肥羊，再回來處理這件事的，因此這姑娘倒沒被欺負。

十三妹隨後又在寺院裡仔細尋了一遭，果然在一口倒扣的破鐘裡尋得了姑娘的老父，他們一家三口死裡逃生再度團圓，自是喜極而泣。及至出了房門，在月光之下看到院裡橫七豎八一地的死和尚，嚇得兩個老人家閉口無言，那金鳳姑娘愣了一回卻說道：「世上竟有這等出眾英雄，做出這等驚人事業！」一旁的十三妹聽她這話，嘴角兒一揚、蛾眉兒一挑，得意的說：「不敢欺，就是我！」原本這張金鳳還有些狐疑，這穿紅衣的女子和那

些盜匪和尚是一路貨，直到這時才恍然大悟跪在地上說：「原來妳是一位恩深義重的姐姐，特意來救我全家的性命。姐姐請上，受我一拜！」在一旁的兩老也跟著跪拜了下去。這十三妹趕緊攙扶起兩個老人家，又拉起了張金鳳，這才重新回到屋裡坐了下來。

20 弓硯緣

卻說這一直躲在屋裡的安公子，坐在床炕上守著包袱，只聽得外頭嘈嘈擾擾，哭一陣、笑一陣、拜一陣又讓一陣的，聽都聽呆了，好容易才等到一行人，全都回到屋裡，公子心懸著的一塊大石頭才落了地。十三妹坐定後便請他也下炕來相見，只見他躲在暗處期期艾艾的說：「可了不得了，我這是下不去了。」十三妹詫異的說：「這又是個甚麼緣故？」說完半天沒聽他答話，隨又問：「是怎麼下不來？你到底是說呀！憑甚麼為難事，你說了，我自有主意！」這公子又挨了半晌，才低聲說：「我尿褲子了。」這十三妹一聽心想：我這兒不過是用刀砍了幾個不成材的和尚，又不曾衝鋒陷陣、放礮開山的，何至就把他嚇得尿褲子了，但尿也尿了，還能怎樣，只好硬著頭皮說：「你就算尿了，也得下炕。」

這安公子見逼得緊，只得把褲子擰乾了，跳下炕來，他才一下炕，便雙膝一跪感激涕零的說：「姑娘！是我安驥沒眼力、沒見識，誤聽讒言，把姑娘的好意給蹧蹋了，我如今明白了您是救我來著，但我卻不知您為甚麼要救我，還請姑娘說個明白，再求您留下姓名，好讓我給您寫下個長生祿位牌兒，香花供養著，您的救命深恩，再容圖報！」十三妹皺著眉叫他起來，隨即說道：「幸好你明白我是救你，不然，你大約有三條命也沒了，你那圖不圖報的話，不必提，我的姓名也不必問！必要問我，就捏個假名假姓給你也無妨。」一旁的張金鳳忙說：「姐姐不是如此，便是妹子這裡也一定要請問姐姐個姓名，就算是姐姐施恩不望報，也得給我們這些受恩者一些餘地才是，姐姐要不說，妹妹只得又跪下了。」十三妹見狀趕緊一把拉住說：「快別這樣！我縱然不說姓名，自然也得說明來歷。我有知道我的、認識我的，都稱我作十三妹。」大家聽了便都稱了聲「十三妹姑

娘」。接著十三妹便把自己的生平能說的，簡單的略述了一二。

這安公子聽罷便說道：「方才我看那些和尚都來得不弱，尤其最後那頭陀更是凶狠異常，怎的姑娘您輕描淡寫就斷送了他？真箇是巾幗英雄、女中豪傑呀！」十三妹聽言回身問道：「你先慢談這些閒話。我且問你！在悅來客棧臨別之時，我是怎麼叮囑你的，千萬等我回來見了面再走，你卻仍是倉促而行，這是個甚麼道理？」安公子誠惶誠恐的回道：「不瞞您說，我在店裡聽了姑娘您那番話，始終半信半疑，不想那兩個驢夫回來，說那褚一官請我今晚就去他家住，再加上店主人一旁慫恿，我一時慌亂便匆匆出發，不想行到半路，那驢子畜牲欺負人，一受驚嚇便把我給帶到這座惡廟，險些喪了性命。姑娘！我死不足惜，只是我誤了父母大事，那真就

罪無可逭了。如今幸得留下性命，只是把姑娘您一片俠腸埋沒了，我安驥真真是愧悔的無地自容。」

十三妹聽了便接道：「你也曉得後悔，我索性叫你大悔一悔。」於是便把之前怎麼聽得驢夫躲在暗處算計，要謀財害命之事說了一番，至於後來匆匆告別，乃是為了回家一趟先安頓好母親，再者，十三妹繼續說道：「想你令尊太爺必是一位一塵不染、兩袖清風的人物，如今世道人情薄如紙張，只有錦上添花的，哪兒找得到雪中送炭的，你千辛萬苦趕了去，萬一到時候上面逼得緊，銀兩湊不足，一切不都枉然，所以我回家換過行裝，稟過母親，便到那『二十八棵紅柳樹』鄧老英雄處，暫借三千兩銀子，了你這樁大事。他怕那三千銀太重、太礙眼，便幫我換成二百兩足色黃金，你瞧，就在你抱的包袱裡呢！」

安公子聽得十三妹不僅救了他性命，保了他救父的銀兩，且還深思遠慮的把一切都照顧齊全了，又是歡喜、又是感激，不覺兩行熱淚便如湧泉一般滾了出來，只聽得他抽抽噎噎的說道：「姑娘！我安驥真是無話可說了。自古道：『大恩不言謝』，只是我安驥這七尺之軀，今生今世要如何答報？」說著便嗚嗚哭了起來。張老夫妻在一旁也不住的抹眼淚，張金鳳姑娘也不覺滴下淚來。十三妹見狀展顏道：「大家不必如此。公子也莫介意，要知道天下資財乃是天下共有的，說這是你、那是我的，到頭來究竟是誰的？只要現在取之有名、用之得當就是了。若用得得當，萬金也不足惜，若用之不當，一文錢也是浪費。如今這三千金，成全你一片孝心，也保住了你老人家半世清名，這就不叫虛枉浪費了。不但收者心安、授者心安，連那銀子也不枉生在天地間了，你就不必再耿耿於懷了。」安公子聽了只得誠心領受了。

且說十三妹了卻了這樁贈金的心事後，便要打發他們兩家男女上路，只是看看這四個人之中，一個是羞怯怯的書生，一個是嬌滴滴的女子，另外這對張老夫妻不僅年紀大，還是鄉下人，經過了這番大難，一個個心有餘悸、坐立不安的，而且兩方人馬，一個要往南去救父、另一方則要往北去投親，任她十三妹再有本事，也不可能變出個分身來護送兩隊人馬。為此，她沉吟了片刻，心頭一轉便生出個好法子，首先必得將這兩家合成一路，而要合成一路最好的方法，便是讓他們真的成為一家人，她看看這安驥公子及金鳳姑娘，不僅年齡相當，且一個郎才、一個女貌，可不是天生的佳偶嗎？若讓他們彼此錯過，那才是天地間的一樁憾事，所以她便扮起媒人，戮力誠心的促成了這段美滿姻緣，患難中沒得講究，安驥、張金鳳兩人就著月光，便在這能仁古寺拜了天地，完成了大禮。

接著他們趁著天明前，將行李歸在一處，往淮安出發，臨行前，十三妹向安公子借來筆硯，在北牆上寫下幾行大字：

貪嗔癡愛四重關，這和尚重重都犯。
他殺人污佛地，我救苦下雲端，剗惡除奸。
覓我時，合你雲中相見。

安公子在一旁看著念著，不禁擊掌喝采道：「姐姐！我見您舞刀弄棒已是奇特非常，不想您心中還埋著如此珠璣錦繡，且這字寫得是龍飛鳳舞，真令人拜服。只是您說的雲中相見，莫非姐姐，您真箇住在雲端不成？」前頭我們不是介紹過這十三妹和母親便是住在青雲山中，所以她寫下的這段文字，除了交代這些和尚的惡行，也為的是冤有頭、債有主，不想波及無辜、敢做敢當的意思，這會兒見安公子要細問從頭，她怕露了形跡，便催促公子趕緊上路。沒想到這一催一趕，便讓安公子把個祖傳的硯臺給忘在桌上了。

話說這十三妹一路將他們護送到茌平縣的東關廂，又往外走了二十里路，便停住驢子說道：「往這兒下去，一路經過之處，都是歹人出沒之地，慢講一個人護送，就算十個八個也無濟於事，我本該親身送了你們去，無奈我家有老母，不能遠行。如今我看在我這妹子面上，把這弓借給妹夫你。」這安公子忙道：「姐姐這弓，我哪拉得開、使得動？」十三妹回道：「不用你使，只要把它揹在身上，雖抵不上萬馬千軍，但也算得個開路先鋒、護駕保鑣。」隨即把入山後，遇到強梁該如何應對交代了一番，便又千叮囑、萬交代，但等救父之事辦妥，回鄉時，務必要把這弓交到「二十八棵紅柳樹」鄧九公老英雄處，因為這弓可是她的傳家至寶。

說到傳家寶，這安公子才猛然想起自個兒的祖傳硯台給遺落在能仁寺了，而且要命的是，那硯臺上還刻著他父親安

學海的名諱，若追查和尚死因，他們便脫不了干係了。安公子急得本來要即刻折返回去取硯台的，這十三妹沉吟了半晌道：「這事交給我，我回頭立刻至廟裡取了這方硯台好好收著，到時你遣人送來這弓，我奉還這硯，那時兩個物件各歸其主，豈不大好？」安公子聽了再也想不出別的法子，便只好如此了。卻沒想到後來這弓與硯一來一往，再加上張金鳳在其中費盡了心思，倒成就了十三妹與安公子的另一段姻緣，這就是後話了。

且說他們一行人在東關廂外淚別了十三妹後，轉眼走進了山路，眼見兩旁樹林濃密，把天光都遮去了大半，這安公子揹著弓、騎著驢，領頭走在前頭，雖說經過能仁寺一場磨難，膽識壯大了不少，但明知山有虎、偏向虎山行，還是讓他忐忑不已，雖然十三妹說得斬釘截鐵，但這弓真能發揮如此神效嗎？實在令人擔心，但如今闖進這惡林子裡，已無回頭的餘地，也只能硬著頭皮往前走了。

果然沒走多遠，一枝響箭飛過天際，隨即從山坳樹影中閃出一夥綠林大盜，安公子忙照十三妹的吩咐，把轡繩一拉、下了驢迎向前去，接著又把弓給遞了過去，這為首的強盜先是不解，待接了仔細端詳後，急忙滾下馬、口中大喊道：「不得了！險些誤了大事。」接著上前拱禮道：「尊客可是從青雲峰十三妹姑娘那兒來的？十三妹姑娘可有甚麼吩咐？」

原來這夥強人都是十三妹的手上敗將，但十三妹不僅沒為難他們，還為他們保全了顏面，故此感念在心，一直希望能有機會為十三妹效力，如今見物如見人，不僅讓公子一行安然通過，甚至還派了兩個手下隨行，一路護送到淮安。至此，安公子及張金鳳一家，不僅把這十三妹當救命恩人看待，更把她當神人一般的尊崇。

至於安公子到得淮安如何救父，他們父子又如何四處尋訪施恩不望報的俠女十三妹，這在章回小說《兒女英雄傳》中，都有又精采又細膩的描述，希望所有的大朋友、小朋友聽完朱老師說故事後，能更進一步把這套章回小說拿來讀讀，一定會讓你大呼過癮的。

臉譜 親子書房 FK1004G

朱天衣說故事
中國傳奇故事有聲書

作　　者　朱天衣
插　　畫　蔡嘉驊
美術設計　劉子瑜
編　　輯　胡文瓊、林淑鈴
行銷企畫　陳玫潾、陳彩玉、崔立德

發 行 人　涂玉雲
出　　版　臉譜出版
台北市民生東路二段141號5樓
電話：886-2-25007696 傳真：886-2-25001592
發　　行　英屬蓋曼群島商家庭傳媒股份有限公司城邦分公司
台北市民生東路二段141號11樓
客服服務專線：886-2-25007718；2500-7719
24小時傳真專線：886-2-25001990；25001991
服務時間：週一至週五09：30~12：00；13：30~17：00
劃撥帳號：19863813；戶名：書虫股份有限公司
城邦花園網址：http://www.cite.com.tw
讀者服務信箱：service@readingclub.com.tw
香港發行所　城邦（香港）出版集團有限公司
香港灣仔駱克道193號東超商業中心1樓
電話：（852）2508-6231 傳真：（852）2578-9337
E-mail：hkcite@biznetvigator.com
馬新發行所　城邦（馬新）出版集團【Cite（M）Sdn.Bhd.（458372U）】
11, Jalan 30D/146, Desa Tasik, Sungai Besi, 57000 Kuala Lumpur, Malaysia
電話：（603）9056-3833 傳真：（603）9056-2833
E-mail：citecite@streamyx.com

一版一刷：2010年10月5日
一版二刷：2010年12月25日

ISBN：978-986-120-323-2
定價499元（本書如有缺頁、破損、倒裝、請寄回更換）

國家圖書館出版品預行編目資料
朱天衣說故事：中國傳奇故事有聲書
朱天衣著– 一版. 臺北市：臉譜出版：
家庭傳媒城邦分公司發行, 2010.09
面； 公分——（親子書房；FK1004G）
ISBN：978-986-120-323-2（平裝附光碟片）
859.6　　99017285

臉譜　城邦讀書花園
www.cite.com.tw